Lotte Kinskofer

Wirtshaussterben

Die Autorin

Lotte Kinskofer, geboren und aufgewachsen an der Grenze von Niederbayern zur Oberpfalz, hat in Regensburg das Gymnasium besucht. Heute lebt sie in München, aber Regensburg ist für sie immer eine zweite Heimat geblieben.
Die promovierte Germanistin hat mehrere Sachbücher, Romane und Kinderbücher geschrieben und arbeitet als Dozentin und Drehbuchautorin. Sie ist Mitglied im Syndikat, der Vereinigung deutschsprachiger Krimiautoren.
»Wirtshaussterben« ist nach »Heimvorteil« und »Grabenkämpfe« der dritte Kriminalroman aus der Oberpfalz, den Lotte Kinskofer im Prolibris Verlag veröffentlicht hat.

Lotte Kinskofer

Wirtshaussterben

Kriminalroman

Prolibris Verlag

Originalausgabe
2. Auflage September 2011

Tel.: 0561/766 449 0, Fax: 0561/766 449 29

Lektorat: Anette Kleszcz-Wagner
Korrektorat: Christiane Helms
Titelfotos: Michael Zartner
Druck: GGP Media GmbH, Pößneck
ISBN: 978-3-935263-67-2

www.prolibris-verlag.de

Prolog

Die Wut trieb ihn an. Nie zuvor war er diesen Weg zur Kallmünzer Burg so schnell hinaufgerannt. Aber er brauchte nun den freien Blick, die klare Luft. Im Wirtshaus wäre er erstickt an dieser verlogenen Atmosphäre von Kaufen und Verkaufen, von Geldgier und Schacherei.

Er kannte jede Treppenstufe, er wusste, wo sie ausgetreten, schief oder höher waren, wo ein in die Stufe hineinragender Stein diese uneben machte, wo Wurzelwerk in den Weg wuchs. Er liebte den Weg, er ging ihn so oft, aber heute hatte er keine Freude daran. Er wollte nur weit weg von den Menschen.

Er betrat die Burganlage durch den gotischen Torbogen, lief umher. Er atmete schwer, hatte sich zu sehr angestrengt, aber es war ihm egal. Den Blick ins Tal konnte er dieses Mal nicht genießen. Er lehnte sich an den Bergfried, schloss für einen Moment die Augen. Diese Ruhe …

Aber er fühlte sich nicht allein. Ein Knacken, als ob jemand auf Holz träte. Im Augenwinkel ein Schatten. Ein Tier? Er spürte plötzlich eine unerklärliche Unruhe, eine Unsicherheit an dem Ort, wo er sich sonst so wohl fühlte.

Durch den Torbogen ging er hinaus, dann Stufe für Stufe hinunter. Doch er kam nicht weit. Ein heftiger Stoß von hinten, er fiel zur Seite, schlug mit dem Hinterkopf an einen spitzen, herausragenden Felsbrocken. Er spürte den stechenden Schmerz, er hörte sich schreien.

»Halt dich raus!« Eine fremde Stimme und Schritte, die sich entfernten. Er lag da, allein. Zum ersten und letzten Mal in seinem Leben bedauerte er, kein Handy zu haben.

1. Kapitel

Die Sonne tauchte die Regensburger Altstadt in warmes Licht. Thomas Reitinger stand am Fenster seiner Wohnung in Stadtamhof. Er beobachtete die Menschen, die das schöne Wetter genossen, über die Steinerne Brücke schlenderten, viele trugen Sonnenbrillen, hatten die Mäntel über den Arm gelegt. Kaum zu glauben, dass es der zweite Weihnachtsfeiertag war.

»Kannst du mal nach dem Braten sehen?«, rief seine Frau Lisa aus dem Schlafzimmer. »Gieß ein bisschen Soße drüber, damit er nicht trocken wird.«

Thomas verstand, warum Lisa so bemüht war, dass alles passte. Heute kam seine Mutter zum Essen. Leider konnte Lisa nicht selbst kochen, direkt vor Heiligabend hatte sie sich einen Magendarmvirus eingefangen und lag seitdem die meiste Zeit im Bett oder auf dem Sofa.

Thomas brühte frischen Tee auf und brachte seiner Frau eine Tasse ans Bett.

»Willst wirklich aufstehen und mit uns essen?«, fragte er besorgt.

Sie nickte: »Ich versuch's. Ob ich allerdings was runterkriege, das weiß ich noch nicht.«

Lisa blies sachte in den Tee. »So habe ich mir Weihnachten nicht vorgestellt.«

Thomas nahm seine Frau tröstend in den Arm. »Zu Silvester und Neujahr ist noch einmal ein langes Wochenende, da holen wir dann alles nach.«

»Da sind meine Eltern da, das ist nicht dasselbe.«

»Ich dachte, du freust dich, dass sie einmal zu uns kommen und wir nicht wie sonst an Weihnachten nach Passau fahren.«

»Schon. Trotzdem.«

»Schlecht schaust aus«, begrüßte Therese Reitinger ihre Schwiegertochter und sah sie dabei besorgt an.

Lisa bemühte sich zu lächeln und schilderte kurz ihr Leiden der vergangenen Tage.

»Ich habe gedacht, das geht schneller vorbei«, meinte sie kläglich. »Deshalb haben wir das Essen mit dir von gestern auf heute verschoben. Aber ich glaube, ich kriege immer noch keinen Bissen hinunter.«

»Das wird schon«, versuchte die alte Reitingerin, sie aufzumuntern, und zog ein Fläschchen aus ihrer Tasche. Tropfen gegen die Übelkeit. »Die hat mir der Doktor Wachter in Helmering verschrieben.«

»Aber du wohnst doch schon ewig nicht mehr dort.«

»So schnell werden die Tropfen nicht schlecht.«

Thomas lugte unauffällig auf das Verfallsdatum, dann steckte er das Fläschchen in seine Hosentasche.

Therese Reitinger lobte das Essen, das dem Thomas erstaunlich gut gelungen war, riet aber ihrer Schwiegertochter, sich aufs Sofa zu legen. Sie bekam ja offenbar sowieso keinen Bissen hinunter, und es war offenkundig, dass sie schwach und erschöpft war.

Kaum war Lisa ihrem Rat gefolgt, nahm Therese ihren Sohn ins Visier.

»Vor drei Wochen war ich im Frauengesundheitszentrum, zu dem Vortrag über Schönheitswahn.«

»Aber Mutter, das hast du doch nicht nötig«, spottete Thomas, nur ging die Reitingerin auf diesen Ton überhaupt nicht ein.

»Ein sehr informativer Abend. Und was stand in der Zeitung drüber? Nichts!«

Thomas sah Hilfe suchend zu seiner Frau, aber die hatte ihre Augen geschlossen.

»Du bist doch jetzt stellvertretender Leiter vom Lokalteil«, fuhr die Mutter unerbittlich fort. »Du kannst bestimmt durchsetzen, dass über solche spannenden Sachen berichtet wird.«

»Mutter, in der Vorweihnachtszeit sind dermaßen viele Veranstaltungen, da kommen wir gar nicht mehr nach mit dem Berichten, da fallen auch mal Termine raus, über die wir sonst schreiben würden.«

»Ich habe dir schon vorher von dem Vortrag erzählt, du hättest das also einplanen können.«

»Die ganzen Feiern von den Vereinen ...«

»Das interessiert doch keinen Menschen!«, rief die Reitingerin. »Die wollen sich bloß alle selber in der Zeitung sehen.«

»Du meinst, ein Vortrag über Schönheitswahn ist interessanter.«

»Ich finde schon. Außerdem ist das Frauengesundheitszentrum vor ein paar Wochen 25 Jahre alt geworden ... Habt ihr da überhaupt was gemacht?«

Thomas konnte sich nicht genau erinnern.

»Wirst nächste Woche noch an mich denken, wenn ihr wieder nicht wisst, was ihr in eurem Lokalteil schreiben sollt, weil nämlich zwischen Weihnachten und Silvester gar nichts passiert.«

Da hatte sie leider Recht. Sauregurkenzeit im Winter.

Thomas ahnte, warum seiner Mutter das Thema so wichtig war. »Hast du dort herumerzählt, dass dein Sohn bei der Zeitung ist? Und hast versprochen, dass wir was über den Vortrag machen, weil du das schon mit mir regelst?«

Darauf gab Therese Reitinger keine Antwort. Aber endlich, endlich wechselte sie das Thema. »Fährst du die nächsten Tage mal nach Helmering? Ich würde gerne zum Grab.«

»Ich fahr heut noch«, sagte Thomas, und als er den überraschten Blick seiner Mutter bemerkte, fügte er hinzu: »Der Karsten hat angerufen. Er will im oberen Stockwerk von unserem Haus Parkett verlegen. Und ich habe versprochen, dass ich vorbeikomme und mir das mal ansehe.«

»Aber doch nicht an Weihnachten!«

»Heute hab ich Zeit und ...«, da warf Reitinger einen Blick auf Lisa, die offenbar eingeschlafen war, »... wir haben nichts Besonderes vor.«

»Wenn es wenigstens morgen wäre ...«

»Da habe ich Sonntagsdienst.«

»Pressiert das denn gar so mit dem Parkett?«

Thomas wollte nicht sagen, dass er den Besuch bei Karsten Kröger, der sein Elternhaus in Helmering gemietet hatte, schon seit zwei Wochen vor sich herschob.

»Der Karsten hat bis Dreikönig Urlaub. Den will er nutzen.«
»Geben denn die Leute nie Ruhe?«
»Du bist doch auch immer auf Achse.«

Ein bisschen wehmütig wurde Thomas schon zumute auf dem Weg von Regensburg nach Helmering, die Naab entlang, die an diesem sonnigen Tag besonders schön durch die laubfreien Bäume glitzerte. Als die Mutter noch dort gewohnt hatte, war er öfter mal in seinen Heimatort gekommen, hatte sie besucht und im Wirtshaus alte Freunde getroffen. Dann war sie nach Regensburg gezogen und er selbst hatte für einige Monate in seinem Elternhaus gelebt. Lisa und er hatten Schwierigkeiten miteinander, sie standen kurz vor der Trennung, deshalb war er allein aufs Land gezogen. Er hatte es sich damals so schön vorgestellt, wieder dort zu wohnen, aber Haus und Garten machten viel Arbeit, er war sehr einsam gewesen, auch wenn er es sich nicht gerne eingestand. Die Erleichterung war groß, als Lisa und er sich versöhnten, er den neuen Wohnsitz in Helmering wieder aufgeben und zurück zu Lisa nach Regensburg ziehen konnte.

Doch ganz so einfach war er nicht davongekommen. Er dachte, mit ihm und Lisa würde alles so weiterlaufen wie vorher. Aber seine Frau sah das anders. Sie beklagte, dass ihm vieles egal sei, offenbar manchmal sogar seine Frau, dass er nie über Gefühle sprach, geschweige denn welche zeigte, dass ihr sowohl die Wärme und Nähe fehlten als auch von Zeit zu Zeit das Feuer eines guten Streits. Thomas bemühte sich jetzt, nicht jeder Diskussion mit einem *Meinetwegen* aus dem Weg zu gehen, sondern eine eigene Position zu vertreten. Dass sie bei der Eheberatung waren, erzählte er keinem. Lisa ließ es manchmal anklingen, wenn Freunde und Bekannte nachfragten, wie sie wieder zusammengekommen seien. »Wir haben uns ein bisschen helfen lassen«, sagte sie dann mit einem feinen Lächeln.

Thomas Reitinger parkte vor seinem Elternhaus und sah etwas traurig auf die Eingangstür, an der nun ein fremdes Namensschild prangte. Karsten Kröger war mit seiner Familie von Norddeutschland hierher gezogen und arbeitete als Informatiker in Regensburg.

Ausführlich besprachen sie die Baumaßnahmen, die Karsten sich vorgenommen hatte.

»Wie gefällt's euch denn auf dem Dorf?«, fragte Thomas abschließend.

»Ich finde es wunderbar hier«, meinte Karsten. »Diese Ruhe, diese Behaglichkeit und Langsamkeit. Die Kinder sind auch gerne da und haben schnell Anschluss gefunden. Aber ...«

Karsten sah in Richtung Wohnzimmer, aus dem der Ton des Fernsehers zu hören war.

»... meine Frau vermisst die Stadt. Sie findet die Menschen hier zu ...« Lange überlegte Karsten, wie er das sagen sollte.

»... engstirnig, derb, krachert«, schlug Thomas vor.

»Von allem etwas.« Karsten lächelte schief.

»Wenn man hier Anschluss sucht, geht man ins Wirtshaus oder in einen Verein.«

Karsten nickte: »Im neuen Jahr wollen wir Mitglied im Sportverein werden, vielleicht ist das ein Anfang. Und meine Frau möchte eine Müttergruppe gründen.«

Als Thomas seinen Autoschlüssel aus der Hosentasche zog, fand er das Fläschchen, das ihm die Mutter mittags gegeben hatte. Tropfen gegen Übelkeit, das Verfallsdatum abgelaufen. Thomas beschloss, kurz bei seinem Schulfreund Richard Wachter vorbeizufahren. Vielleicht hatte der Arzt ja etwas zu Hause, was Lisa schneller wieder auf die Beine half.

Wachters kleine Tochter machte auf.

»Der Papa hat jetzt keine Zeit«, sagte sie. »Der muss spielen.«

Richard Wachter erschien im Flur und grinste. »Lass ihn rein, Antonia.« Er klopfte dem alten Schulfreund herzlich auf die Schulter.

»Was musst du denn spielen?«, fragte Thomas.

Wachter seufzte und sah auf das kleine Mädchen, das ihn erwartungsvoll anblickte.

»Antonia und Dominik haben eine Eisenbahn bekommen. Und weil das Christkind schon wieder weg ist, muss sie der Papa aufbauen.«

»Komm jetzt, Papa, weitermachen«, drängte Antonia und zog ihn an der Hand.

»Ich muss mich erst um den Besuch kümmern«, behauptete Wachter und wandte sich wieder Thomas zu. »Bist du allein da? Wo ist denn deine Frau?«

Thomas war dankbar für das Stichwort und zog das Fläschchen aus der Hosentasche. »Die ist krank. Magendarm. Und meine Mutter wollte ihr das da geben.«

Wachter sah das Fläschchen prüfend an. »Ich hab was Besseres. Aber komm erst mal rein. Ich mache uns einen Kaffee.«

Zehn Minuten später saßen sie einträchtig auf dem Boden im Wohnzimmer, neben sich einen Teller Plätzchen und die Kaffeetassen und bauten gemeinsam die Eisenbahn auf.

»Ich habe früher auch eine gehabt, wahrscheinlich ist die noch auf dem Speicher vom Elternhaus.«

»Dann hol sie doch bei Gelegenheit mal ab.«

Thomas sah ihn fragend an. Was sollte er mit einer Eisenbahn? Wachter aber grinste. »Vielleicht könnt ihr sie noch brauchen, die Lisa und du.«

Darauf antwortete Thomas nicht. Er baute weiter die Eisenbahnschienen auf, und Wachter ging nicht weiter auf das Thema ein, als er merkte, dass sein Freund nicht darüber reden wollte.

Jahrelang hatten sie das Thema Kinder vor sich hergeschoben. Nie hatte es so recht passen wollen mit dem Nachwuchs. Vielleicht hatte Lisa darunter gelitten, Thomas wusste es nicht so genau. Ihre Ehekrise vor zwei Jahren führte er auch darauf zurück, dass es ihnen nicht gelungen war, eine nette kleine Familie zu werden. Aber vielleicht, so dachte er jetzt, wären die Probleme dann auch gekommen, später oder anders, wer weiß. Und dann hätte ein Kind darunter zu leiden gehabt.

»Mal sehen, ob die Lok fährt.« Richard Wachter riss ihn aus seinen Gedanken.

Tatsächlich - es funktionierte! Die beiden Männer strahlten sich an. Dann erst wurde ihnen bewusst, dass sie schon seit einiger Zeit allein waren.

»Wo sind denn deine Kinder?«

Rums, ein Schrei, Weinen. Richard verdrehte die Augen.

»Die sind oben - und ich glaub, ich sollte mal nachschauen.«

Wieder zehn Minuten später spielten die Kinder mit der Eisenbahn und die beiden Männer saßen in der Küche.

»Dass die Angelika nicht da ist, ist dir anscheinend gar nicht aufgefallen«, bemerkte Wachter.

Thomas wurde verlegen. Tatsächlich hatte er Angelika Wachter bislang nicht vermisst.

»Sie besucht gerade ihren Bruder im Krankenhaus«, erzählte der Dorfarzt.

Thomas stutzte. »Was fehlt denn dem Bürgermeister?«

»Er war gestern wandern, am Max-Schultze-Steig in Regensburg. Da ist er gestürzt.«

»Fehlt ihm viel?«

»Er ist die Böschung hinuntergerollt und an einen Baumstamm geknallt. Gehirnerschütterung, Rippenbruch ... tut alles weh, aber wahrscheinlich hat er noch Glück gehabt.«

»So gefährlich ist der Weg doch gar nicht. Wie kann man da stürzen?«

»Er behauptet, es hätte ihn jemand mit Absicht gestoßen.«

Thomas sah seinen Schulfreund ungläubig an. »Wer denn? Und warum?«

Richard Wachter zuckte die Schultern: »Vielleicht sagt er's nur, weil es ihm peinlich ist, gestolpert und den Hang runtergefallen zu sein.«

Einen Moment schwiegen sie, dann holte Wachter einen Schnaps heraus.

»Ich kann nichts trinken, ich muss noch fahren, Richard.«

»Dann kriegst eben bloß einen ganz kleinen.«

Doch bevor Wachter einschenken konnte, hörten beide die Haustür ins Schloss fallen.

»Die Mama!«, tönte es aus dem Wohnzimmer, Fußgetrappel, Begeisterungsrufe. Ohne ein weiteres Wort stellte Richard Wachter den Schnaps und die Gläser wieder weg. Frau Wachter kam herein, begrüßte Thomas freundlich.

»Hat Richard Ihnen schon erzählt, was Hartmut zugestoßen ist?«

Thomas nickte, murmelte ein paar bedauernde Worte.

»Die Polizei will nicht ermitteln. Können Sie sich das vorstellen?«

»Aber er hat doch Zeugen dafür, dass er gestoßen wurde. Seine Frau und die Kinder ...«, vermutete Thomas.

Angelika Wachter schüttelte den Kopf. »Die waren schon weiter. Hartmut bleibt ja an jeder schönen Ecke stehen und macht Bilder – Fotografieren ist nun mal sein Hobby.«

»Was hat er denn selbst gesehen?«

»Einen Mountainbiker.«

Thomas runzelte die Stirn: »Wenn ich mich recht erinnere, ist Radfahren auf dem Max-Schultze-Steig verboten.«

»Da hält sich doch keiner dran.«

»Könnte Ihr Bruder den Radfahrer denn beschreiben?«

»Er sagt, der Mann habe Helm, Brille, Sportkleidung getragen und ausgesehen wie alle anderen Mountainbiker auch.«

»Vielleicht war es doch nur ein Versehen.« Richard Wachters Bemerkung kam bei seiner Frau nicht gut an.

»Genauso gut kann es ein Anschlag gewesen sein. Hartmut ist Politiker! Natürlich kann er es nicht allen recht machen.«

Thomas dachte beim Heimfahren nach. Er mochte den Bürgermeister von Neukirchen nicht besonders, wie die meisten im Ortsteil Helmering. Er hatte mit großer Klappe und vielen Versprechungen vor einigen Jahren die Wahl gewonnen. Er spielte den Manager im Anzug, der dem Dorf ein bisschen auf die Sprünge half. Die Helmeringer hatten das Gefühl, dass er für sie gar nichts übrig habe und wenn überhaupt irgendwo investiert würde, dann in Neukirchen. Außerdem war er ehrgeizig. Im Kreistag saß er schon, aber Hartmut Degenhardt wurden Ambitionen auf den Landtag nachgesagt.

Lisa empfing ihren Mann mit einem erschöpften Lächeln.

»Geht's besser?«, fragte er.

»Vorhin habe ich versucht, in der kleinen Kammer alles für meine Eltern herzurichten: den Futon ausrollen und die Bettdecken beziehen. Aber ich kann's nicht allein.«

Thomas verstand schon und machte sich an die Arbeit.

Als sie beide dann in dem kleinen Zimmer standen und auf das gemachte Bett blickten, herrschte langes Schweigen.

»Eng hier«, sagte Thomas.

»Zu eng für meine Eltern. Die brauchen mehr Platz.«

»Du meinst, wir sollten die nächsten Nächte hier schlafen.«

»Wird uns wohl nichts anderes übrig bleiben.«

Thomas dachte an seinen Schwiegervater, ein korpulenter, lauter und selbstbewusster Mann. Er mochte sich nicht vorstellen, wie er im Schlafanzug auf den Futon krabbelte. Wären sie doch ins Hotel gegangen! Aber Lisas Mutter wollte gerne bei ihnen wohnen, »Gerade jetzt, wo Lisa krank ist und du arbeiten musst«, hatte sie zu Thomas am Telefon gesagt.

Er hätte es als Vorwurf nehmen können. Doch das war es vermutlich nicht. Seine Schwiegereltern waren stolz gewesen, als Lisa ihnen sagte, ihr Thomas sei endlich nicht mehr Sportreporter, sondern stellvertretender Leiter des Lokalteils.

»Geht doch«, hatte ihr Vater gesagt, der erfolgreiche Autohändler.

»Ein erster Schritt«, war der Kommentar ihrer Mutter.

Am Anfang ihrer Beziehung hatte Lisa seinen mangelnden Ehrgeiz wunderbar gefunden, Thomas war so ganz anders als ihre Eltern, die alles für ihre Firma taten und niemals Ruhe gaben. Er lebte ein bisschen in den Tag hinein, studierte, überarbeitete sich aber dabei nicht, hatte Zeit für sie. Sie selbst hatte nach der Mittleren Reife noch an der Fachoberschule das Abitur gemacht und sich von ihrem energischen Vater dazu überreden lassen, irgendetwas mit Betriebswirtschaft zu machen, denn das kann man immer brauchen, hatte er gesagt. Doch das Studium war ihr zu mühsam. Außerdem wollte sie nicht ewig vom Geld ihrer Eltern abhängig sein, sie suchte die finanzielle Unabhängigkeit und nahm deshalb den Job bei einem Immobilienmakler in Regensburg an. Schöne Häuser und Wohnungen verkaufen und vermieten, auftreten, repräsentieren, reden, verhandeln, das machte ihr Spaß. Zumindest damals. Inzwischen aber fragte sie sich, ob das ewig so weitergehen würde. Ihr fehlte die Perspektive.

In letzter Zeit hatten sie oft darüber gesprochen, welche Möglichkeiten es noch gäbe, welche Arbeit Lisa denn sinnvoll erscheinen würde. Lisa hatte sich hier und da beworben, auch einige Gespräche geführt, aber entschieden war noch nichts.

Während sie gemeinsam Ordnung schafften in der Wohnung, betrachtete Thomas seine Frau immer wieder nachdenklich. Vielleicht würde es ihr im neuen Jahr gelingen, eine Arbeit zu bekommen, in der sie mehr Sinn sah und die ihr mehr Spaß machte.

»Sieht doch halbwegs ordentlich aus«, meinte er zufrieden, als sie mit dem Aufräumen fertig waren. »Da kann selbst deine Mutter nicht meckern.«

Lisa nickte, dann gähnte sie. »Sei mir nicht böse, aber ich bin müde.«

Vor dem Einschlafen murmelte sie noch: »Wie war's eigentlich in Helmering?«

Thomas erzählte kurz von seinem Besuch bei Karsten Kröger und Richard Wachter sowie von Degenhardts Unfall.

»Der Typ ist doch ein Wichtigtuer«, sagte Lisa noch und selbst Thomas schloss in dem Moment nicht aus, dass der Bürgermeister ein kleines Missgeschick zum politischen Attentat aufbauschte. Trotzdem wollte er mit dem Kollegen vom Landkreis reden, ob der da nicht mal recherchieren könne. War ja sonst nichts los in der Weihnachtszeit.

2. Kapitel

Thomas stand mit einer Tasse Kaffee in der Hand im Wohnzimmer und betrachtete den Weihnachtsbaum. Es lohnte sich nicht, Frühstück zu machen. Lisa würde ohnehin nichts essen und er hatte auch keinen großen Appetit. Von der Donau stieg Nebel auf, auf einmal herrschte Novemberstimmung. Thomas zündete die Kerzen am Weihnachtsbaum an, sofort wurde die Atmosphäre heimeliger und wärmer.

Lisa kam aus dem Bad: »Willst du nicht frühstücken?«

»Ich besorge mir was auf dem Weg ins Büro.«

»Fast hätte ich's vergessen: Du hast ja Sonntagsdienst.«

»Hoffentlich keine Familiendramen.« Thomas graute vor diesen Schicksalsgeschichten.

»Sei froh, dass es nicht schneit, sonst kämen noch einige Verkehrsunfälle dazu«, ergänzte Lisa.

»Mir reicht ein Bürgermeister, der auf einem Wanderweg verunglückt.«

»Schreibst du denn etwas?«, fragte Lisa nach.

»Mal sehen, was wir sonst noch haben.«

Thomas hätte nichts gegen einen liebevollen Kuss zum Abschied gehabt, aber Lisa drehte ihm die Wange hin.

»Ich will nicht, dass du dich ansteckst.«

»Das hätte ich in Kauf genommen.«

Da fiel Thomas das Fläschchen ein, das Wachter ihm am Vortag für seine Frau mitgegeben hatte. Er zog es heraus.

»Drei Mal täglich zwanzig Tropfen – und gute Besserung vom Richard.«

»Danke, das ist lieb.« Lisa lächelte und nahm ihn in den Arm.

»Wann kommen deine Eltern?«

»Sie wollten um zehn Uhr losfahren, also sind sie vermutlich schon um acht Uhr aufgebrochen und bald da«, vermutete Lisa.

Sie schmunzelten beide. Die Überpünktlichkeit von Lisas Eltern war ein beliebtes Thema. Wollte man mit ihnen aus dem Haus gehen, standen sie eine halbe Stunde zuvor bereits fertig an der Tür. Bei Besuchen kamen sie zu früh, wenn man sie besuchte, war man zu spät, sofern man pünktlich war.

»Viel Spaß mit Mama und Papa.«

»Viel Spaß mit Aschenbrenner und Friedrich.«

Sie lachten beide.

Auf dem Weg zur Arbeit malte Thomas sich aus, welche Geschichten ihm wohl der Kollege mit dem Hang zum Boulevard und der Fotograf vorschlagen würden.

»Nichts ist passiert. Gar nichts«, brummte Aschenbrenner und sah Thomas böse an, als ob der selbst dafür verantwortlich wäre.

»Ich werde nicht meinen Christbaum anzünden, nur damit wir heute einen Aufmacher haben«, knurrte Thomas.

»Aber es hätte schöne Fotos gegeben«, mischte sich Bobby Friedrich, der Fotograf ein.

Aschenbrenner grinste: »Verkohlte Leiche des Lokalredakteurs Thomas Reitinger.«

»Das täte dir so passen.«

»Ich würde die Geschichte schreiben.«

Freunde würden sie in diesem Leben nicht mehr werden. Natürlich dachte Aschenbrenner, dass ein so bedächtiger Mann wie Thomas eine absolute Fehlbesetzung für den Job des stellvertretenden Leiters der Lokalredaktion war. *Er* hätte die Stelle kriegen müssen! Er, der journalistische Spürhund, der jede Sensation auftat, wenn es denn einmal eine gab. Aus jeder Geschichte konnte man was machen, das bewies er immer wieder. Doch im Moment las er nur Zeitung und schlürfte Kaffee.

Thomas durchschaute ihn. Aschenbrenner drückte sich vor jeder Routinearbeit. Sollte aber eine gute Geschichte kommen, dann würde er sie sich unter den Nagel reißen, um zu beweisen, dass er der bessere Journalist war.

Ich muss ein bisschen mehr den Boss rauskehren, dachte Thomas.

»Ich habe einen Aufmacher«, verkündete er. »Muss allerdings gleich weg zum Recherchieren.«

»Und worum geht's? Neue Entenfamilie am Baggerweiher?« Aschenbrenner gefiel sich in der Rolle des ätzenden Kollegen.

»Lass den Thomas doch mal ausreden«, maulte Bobby Friedrich. »Ich will wissen, was ich fotografieren soll, damit wir schnell fertig werden.«

»Wir haben noch gar nicht angefangen«, brummte Aschenbrenner und zündete sich eine Zigarette an, obwohl das in der Redaktion verboten war. Thomas ignorierte es. Er würde ohnehin gleich gehen und hatte keine Lust, jetzt diese Diskussion aufzumachen. Er wandte sich an Bobby Friedrich.

»Du schnappst dir die Praktikantin ...«

»Gerne«, rief Aschenbrenner und lachte dröhnend.

»Ich rede jetzt!« Thomas sprach leise, aber es klang sehr entschlossen.

Aschenbrenner hielt tatsächlich den Mund. Reitinger sah den Fotografen an: »Ihr macht eine Umfrage, wie die Leute bei dem schönen Wetter die Weihnachtstage verbracht haben.«

»Die Christina ist aber noch gar nicht da.«

»Ich gebe ihr noch eine Viertelstunde. Und du«, wandte sich Thomas an Aschenbrenner, »rufst bei der Polizei an und schreibst, was alles passiert ist. Unfälle, Zimmerbrände, Familienstreitigkeiten ... Das kennst du ja.«

»Was macht der Herr Reitinger?«

»Ich fahre ins Krankenhaus. Dort liegt der Bürgermeister von Neukirchen und behauptet, er sei am Max-Schultze-Steig den Hang runtergestoßen worden.«

Aschenbrenner lachte laut.

»Das soll ein Aufmacher werden?«

»Wenn du was Besseres findest, lad ich dich zum Essen ein.«

Aschenbrenner machte sich an die Arbeit.

Blöde Idee, dachte Reitinger, als er mit dem Auto zu den Barmherzigen Brüdern in die Prüfeninger Straße hinausfuhr. Wieso lade ich den Aschenbrenner ein, nur damit er seine Arbeit ordentlich macht? Außerdem will ich doch überhaupt nicht mit ihm essen gehen!

Wenn er ehrlich war: So ganz klappte es noch nicht mit der gehobenen Position. Er war immer noch zu nett. Ließ sich von Aschenbrenner dumm anreden. Aber er wollte sich nicht den diktatorischen Ton zulegen, den andere Vorgesetzte hatten. War es wirklich so schwer, Autorität zu erlangen und sich trotzdem kollegial zu verhalten?

Sein Handy klingelte. Thomas fingerte es aus der Sakkotasche. So ganz hatte er sich an das neue Teil noch nicht gewöhnt - ein Geschenk seiner Frau zu Weihnachten. Mit allen Schikanen. Die er natürlich noch nicht beherrschte. Würde er sich mal ansehen, wenn er Zeit hatte. Den Klingelton hatte Lisa ihm eingestellt. Es war ihr Lieblingslied: »I will survive«.

»Ja, Bobby, was gibt's?«

»Du, die Christina ist noch nicht aufgetaucht. Soll ich anrufen?«

»Das mache ich selbst«, entschied Reitinger, parkte schnell irgendwo seitlich und ließ sich vom Fotografen die Telefonnummer der Praktikantin geben.

»Ja ...?« Sie klang sehr verschlafen.

»Reitinger. Es ist zwölf Uhr mittags, du hättest vor einer Stunde in der Redaktion sein sollen.«

»Aber heute ist doch nicht so viel los ...«

»In einer Viertelstunde holt dich der Fotograf ab und er sagt dir auch, was zu tun ist.«

»In einer halben Stunde.«

»Dann ist dein Praktikum zu Ende.«

Stille.

»Okay. In einer Viertelstunde.«

Reitinger kam sich vor wie ein Schwein. Aber irgendwie fühlte es sich auch gut an.

Degenhardt sah wirklich erbärmlich aus. Der Kopf eingebunden. Schürfwunden an fast jeder Stelle Haut, die sichtbar war. Offenkundig taten ihm die Rippenbrüche sehr weh, er konnte sich kaum bewegen.

»Bitte nicht zu lange bleiben«, sagte die Schwester, als sich Reitinger zum Bürgermeister ans Bett setzte.

Degenhardt erzählte zunächst nicht viel mehr als das, was Thomas schon von Angelika und Richard Wachter wusste. Er war beim Familienausflug zurückgeblieben, weil er noch Fotos machen wollte. Er stand auf dem schmalen Weg, auf der einen Seite der hohe Hang, auf der anderen steil abfallendes Gelände mit Felsbrocken und Bäumen ... Da kam ein Radfahrer, Radlerkleidung, Sonnenbrille, Helm.

»Sie haben ihn nicht erkannt?«

»Ich habe ihn nicht einmal kommen sehen. Ich war mit meiner Kamera beschäftigt, da sehe ich ihn in letzter Sekunde, spüre den Stoß – und dann bin ich gestürzt. Ich wollte mich festhalten, aber da war's schon zu spät.«

»Der Radler ist nicht stehen geblieben, um Ihnen zu helfen?«

»Warum sollte er, nachdem er mich selbst gestoßen hat?«

»Es könnte ein Versehen gewesen sein.«

Degenhardt musterte Thomas wütend: »Sie sind fast so schlimm wie die Polizeibeamten. Die glauben mir ja nicht einmal, dass es den Radfahrer überhaupt gegeben hat.«

Thomas überlegte einen Moment und ließ Degenhardt damit Zeit, sich zu beruhigen.

»Der Radfahrer muss doch vor oder nach der Attacke an Ihrer Frau und Ihren Kindern vorbeigefahren sein. Also haben Sie Zeugen. Wenigstens dafür, dass er da war.«

Degenhardt schüttelte den Kopf. »Vielleicht waren sie gerade auf einem der Aussichtsfelsen.«

Ich mag ihn nicht, dachte Reitinger. Er ist ein Wichtigtuer. Er mag mich auch nicht. Die Geschichte klingt komisch. Aber ich habe das Gefühl, es könnte was dran sein.

»Wer hat denn was gegen Sie, Herr Bürgermeister?«

»Ich möchte niemanden verdächtigen«, gab sich Degenhardt zurückhaltend.

»Sie reden von einem Anschlag und dann wollen Sie nicht einmal sagen, wer oder was dahinter stecken könnte?«

Degenhardt schloss für einen Moment die Augen. Unterdessen ging die Tür auf und der Mann aus dem Nachbarbett schlurfte mit zwei Besuchern herein. Alle nickten Reitinger zu, er nickte zurück.

»Sie wollen ja noch Karriere machen, sagt man.« Thomas blieb hartnäckig.

»Ich bin gerne Bürgermeister von Neukirchen«, wich Degenhardt aus.

»Im Landtag ist es auch schön.«

Degenhardt winkte ab. »Das ist noch nicht spruchreif.«

»Vielleicht will jemand verhindern, dass es überhaupt aktuell wird. Weil er selbst scharf auf den Sitz im Landtag ist.«

Degenhardt wurde plötzlich aufmerksam. »Sie meinen, ich sollte den Täter in den Reihen meiner Parteifreunde suchen?«

»Feind, Todfeind, Parteifreund.«

»Der Witz ist alt, Herr Reitinger.«

Thomas wurde ungeduldig. Er fürchtete, dass die Schwester ihn bald mahnen würde zu gehen. Also spekulierte er. »Das aktuellste Streitthema in Ihrer Gemeinde ist die Umgehungsstraße.«

Degenhardt schwieg, Thomas ärgerte sich. »Ich will Ihnen Ihre Geschichte glauben, Herr Bürgermeister. Aber wenn ich was drüber schreiben soll, dann müssen Sie mir schon auch was sagen.«

Degenhardt gab sich einen Ruck: »Sicher haben sich einige Leute aufgeregt, als ich meine Meinung zum Thema Umgehungsstraße geändert habe.«

»Kein Wunder, dass manche sauer sind. Erst waren Sie dafür und jetzt sind Sie gegen die Trasse, die an unserem Ort vorbeiführt. Warum eigentlich?«

»Es gibt ökologische Gründe, die gegen diese Straßenführung sprechen. Zum Beispiel, dass dort der Grubenlaufkäfer lebt – und der ist sehr selten.«

»Sie sind bisher nie als Umweltschützer aufgefallen, Herr Bürgermeister.«

»Ein Mensch darf seine Meinung ändern.«

»Andere Gründe für Ihren Gesinnungswandel gibt es nicht?«

Degenhardt fasste sich an seinen offenbar schmerzenden Kopf. Thomas wusste, dass die Audienz gleich zu Ende sein würde.

»Wer könnte so wütend sein, dass er Ihnen etwas antun will?«

Der Bürgermeister antwortete nicht, sondern schloss die Augen und drehte den Kopf zur Seite.

Typisch Politiker, dachte Thomas. Er sagt nichts, aber ich soll was schreiben.

»Eine super Story«, höhnte Aschenbrenner, als er Reitingers Bericht über Degenhardts Unfall las. »Ein Dorfbürgermeister stolpert über seine Füße und fällt hin. Wen interessiert denn das?«

Reitinger wusste selbst, dass der Artikel kein journalistisches Meisterwerk war.

»Außerdem: Wieso machen wir das auf der Stadtseite in unserer Zeitung? Der Degenhardt ist doch aus dem Landkreis!«

»Der Unfall passierte hier in Regensburg.«

»Jetzt sagst selber schon Unfall! Von wegen Attentat.«

Reitinger sah finster von seinem Computer hoch. Aschenbrenners herausfordernde Mimik, Christinas beleidigtes Gesicht, weil er sie geweckt hatte, und dazu ein mitleidiger Blick vom Fotografen – er tat sich schon fast selber leid. »Und? Wo ist jetzt deine Superstory?«

»Was Besseres als deinen Bürgermeister finde ich immer noch«, frohlockte Aschenbrenner. »Die Wette gewinne ich!«

Zur Strafe, weil Aschenbrenner gar so arrogant tat, verbannte Thomas dessen Geschichte über Unfälle, brennende Christbäume und betrunkene Weihnachtsverweigerer auf die zweite Lokalseite und nahm Christinas Umfrage nach vorne. Die Leute waren an Weihnachten spazieren gegangen, manche hatten sogar in der Sonne gelegen, Bobby Friedrich jedenfalls hatte einen fotografiert mit rotem Gesicht, der behauptete, er habe auf den Stufen des Doms gelegen und sei eingeschlafen, da habe er sich diesen Sonnenbrand geholt. Ein Eisstand meldete Rekordumsatz, keiner wollte Lebkuchen, ein als Wetterfrosch bekannter pensionierter Lehrer sagte allerdings einen Kälteeinbruch für die nächsten Tage voraus.

»Schöne Interviews«, sagte er lächelnd, »von allem etwas, das interessiert die Leute.«

»Hätte auch gereicht, wenn wir um eins angefangen hätten«, gab die Praktikantin spitz zurück.

»Dann bis morgen – um zehn Uhr wie jeden Wochentag«, antwortete Thomas ungerührt und beschloss, die vielen Rechtschreibfehler lieber ein andermal anzusprechen.

Thomas rief zu Hause an. Er hörte im Hintergrund die dröhnende Stimme seines Schwiegervaters. »Wer ist es denn?«

»Thomas«, informierte ihn Lisa.

»Lass mich raten: Du kommst später«, sagte Lisa wieder ins Telefon.

»Erst würde ich gerne wissen, wie es dir geht.«

»Besser. Zum einen hab ich Ablenkung, das hörst du ja ...«

»Schöne Grüße!«, rief seine Schwiegermutter aus dem Hintergrund.

»Schöne Grüße«, wiederholte Lisa, als habe er es nicht sowieso schon gehört.

»Danke.« Thomas hasste Grüße.

»Schöne Grüße zurück!«, rief nun Lisa ihrer Mutter zu.

»Hab ich doch gar nicht gesagt«, maulte Thomas, aber Lisa ignorierte das.

»Das ist aber nett!«, rief wieder die Schwiegermutter.

»... zweitens haben die Tropfen von Richard Wachter geholfen.« Lisa setzte ihren einmal begonnenen Satz unbeirrt fort.

»Da bin ich aber froh.«

»Und was hält dich auf?«

»Ich muss nach Helmering.«

»Willst du dem Arzt meinen Dank gleich persönlich überbringen?«, scherzte Lisa.

»Es ist wegen des Überfalls auf Degenhardt. Die Sache hat vielleicht mit der geplanten Umgehungsstraße zu tun.«

»Bitte, mach nicht zu lang«, bat Lisa. Dann legte sie auf.

Thomas rief Richard Wachter an.

»Ich weiß nicht, ob ich heute noch ins Wirtshaus gehen kann«, überlegte der Arzt.

»Nur für eine Stunde, bitte.«

»Also gut, weil du es bist.«

Drei Gäste saßen mit dem Wirt am Stammtisch, als Thomas kam. Der Bauer Gerber, Josef Freisleder und Richard Wachter. Gerber strahlte, als er Thomas sah. Immerhin hatte der ihm damals geholfen, als sein Hof abgebrannt war. Der Journalist hatte seitdem bei dem Bauern einen Stein im Brett und wurde immer wieder mit Eiern oder Hühnern und dergleichen versorgt. Lisa schüttelte sich immer, wenn Thomas mit einem frisch geschlachteten Tier nach Hause kam. Therese Reitinger nahm die Sache dann meist in die Hand. Ihr jungen Leute kennt eben nur noch Filet und Schnitzel, sagte Thomas' Mutter dann, wahrscheinlich glaubt ihr sogar, dafür muss man nicht schlachten, sondern die wachsen auf den Bäumen.

Josef Freisleder dagegen betrachtete Thomas mit Unbehagen, denn er hatte nicht so gute Erfahrungen mit dessen journalistischem Gespür gemacht. Lange Zeit hatte sich Freisleder nicht mehr viel in der Öffentlichkeit gezeigt, weil er sich schämte für das, was er getan und was Thomas Reitinger nach langen Recherchen doch aufgedeckt hatte. Dass er, der brave Schreiner und Mesner, mehr über eine Bluttat in Helmering gewusst hatte, als er der Polizei und Thomas gegenüber eingestanden hatte, war erst nach und nach ans Licht gekommen. Freisleder hatte sie alle genarrt.

Aber irgendwann, als Gras über die Geschichte gewachsen war, hatte einer der alten Stammtischbrüder, der Sportvereinsvorsitzende Hans Neubauer, ihn nach der Messe beiseite genommen und gesagt: »Es ist nicht gut, dass der Mensch allein sei, Sepp. Steht schon in der Bibel. Komm wieder ins Wirtshaus, komm halt.« Nun war er wieder da. Und alle fanden das gut. Er war ja kein schlechter Kerl, der Freisleder.

Thomas bestellte ein alkoholfreies Bier und setzte sich. Schweigen.

»Wolltest du mich nicht was fragen?«, wunderte sich Wachter.

»Ich glaub, wir stören«, vermutete Sepp Freisleder, wollte schon aufstehen und gehen. Aber Reitinger hielt ihn auf.

»Muss keiner weg vom Stammtisch, wegen mir bestimmt nicht.«

Dennoch fand er keinen rechten Anfang. Freisleder war ein Tratschweib, er würde alles weitertragen, was er hörte. Er sollte also vorsichtig sein.

Als die Hitzlkoferin durch die Durchreiche aus der Küche in die Gaststube schaute, knurrte wie auf Kommando Thomas' Magen. Viel hatte er heute noch nicht bekommen.

»Was gibt's zum Essen?«

»Ganserl von gestern.«

»Und sonst?«

»Wurst, Kas, Brot.«

»Das nehm ich.«

»Das Ganserl müsst aber weg.«

»Das nehm ich!«, rief Josef Freisleder.

Schweigen am Tisch. Richard Wachter sah Thomas auffordernd an. »Ewig hab ich nicht Zeit. Also, was ist?«

»Ich war bei deinem Schwager im Krankenhaus.«

»Hab's schon gehört.«

»Jaja, unser Bürgermeister ...«, sagte Sepp Freisleder, »er will's halt allen recht machen.«

»Ich lass nichts auf ihn kommen, er hat mich hier untergebracht mit meiner Familie, wie unser Hof abgebrannt ist«, meinte Gerber.

»Krisenmanagement ist sein Hobby«, nickte Richard Wachter, und es klang ein bisschen ironisch.

Thomas beendete das Geplänkel und fragte direkt in die Runde. »Kann sich einer von euch vorstellen, dass der Degenhardt so plötzlich gegen die Umgehungsstraße ist, weil es auf dem Gelände einen Grubenlaufkäfer gibt?«

Gerber lachte und schüttelte den Kopf, selbst Wachter musste schmunzeln.

Freisleder überlegte: »Ist denn unser Bürgermeister jetzt ein Grüner?«

»Oder ein Schwarzer mit grünen Punkten«, schlug Gerber vor.

Sie lachten, während Thomas fragend zu Richard Wachter sah. »Weißt du was Genaueres?«

Wachter schüttelte den Kopf: »Gerade weil er mein Schwager ist, halte ich mich aus der Politik komplett raus.«

Thomas sah auffordernd zu den anderen. »Gerber, was hörst du im Dorf?«

Der Landwirt zögerte. Einerseits hatte er das Gefühl, Thomas etwas schuldig zu sein, andererseits wollte er über den Bürgermeister offenbar nichts Schlechtes sagen. »Wir Bauern haben schon öfter Probleme mit ihm.«

»Wenn er aus euren sumpfigen Feldern kein Bauland macht«, meinte Wachter.

»Er verspricht's halt immer wieder - und dann ...«

»... hält er seine Versprechen nicht?«, vollendete Thomas den Satz.

Gerber nickte: »Bei mir zum Beispiel, ich hätte gut verdient, wenn der Schlehengrund als Bauland ausgewiesen worden wäre. Ich habe da Wiesen. Der Degenhardt hat's mir in die Hand hinein versprochen.«

»Aber ...«

»Dann hat er's doch nicht gemacht.«

»Das entscheidet der Gemeinderat, nicht der Bürgermeister allein, also kann er gar nichts dafür«, erklärte Sepp Freisleder und kam sich dabei sehr gescheit vor.

»Dann soll er auch nichts versprechen.«

»Aber du würdest ihn deshalb nicht umbringen, oder?«

»Eine Sauwut hab ich schon gehabt. Das hätte mich und ein paar andere Bauern auch die Existenz kosten können. Schließlich haben wir mit dem Geld gerechnet.«

Thomas machte sich Notizen.

»Schreib bloß nicht, dass du von mir was weißt!«

Thomas schüttelte den Kopf. Er war ein bisschen frustriert, weil die Recherchen zur Umgehungsstraße nicht ganz das ergeben hatten, was er sich erhofft hatte, sondern ein völlig neues Thema aufmachten.

»Nicht viel los«, sagte er zum Hitzlkofer, als er zahlte, weil er irgendwie auch etwas sagen wollte.

»Deshalb mach ich ja auch zu«, gab der zurück.

»Fahrt ihr auch mal in Urlaub.«

»Urlaub für immer. In drei Monaten ist Schluss.«

Thomas war fassungslos: »Das kannst nicht machen!«

Hitzlkofer sah auf den spärlich besetzten Stammtisch. »Meinst wirklich, ich kann von euch leben?«

»Und was wird aus dem Wirtshaus?«

»Dazu sag ich nichts. Schon gar nicht einem von der Zeitung.«

3. Kapitel

Lisa hatte keinen Mucks von sich gegeben, als Thomas nach Mitternacht in die kleine Kammer kam. Beinahe wäre er ins Schlafzimmer, weil er völlig vergessen hatte, dass dort nun seine Schwiegereltern logierten. Aber als er durch die Tür ein lautes Schnarchen hörte, war es ihm wieder eingefallen.

Er überlegte, ob Lisa verärgert war und sich schlafend stellte, weil er so lange in Helmering geblieben war. Doch ihre Atemzüge klangen ruhig und regelmäßig, sie hatte bestimmt einen langen Abend mit ihren Eltern gehabt.

Dennoch wollte er ein bisschen schön Wetter machen, stand am nächsten Morgen früh auf und holte Semmeln und Brezen. Als er zurückkam, war Lisa schon in der Küche.

»Guten Morgen, geht's dir besser?«

Sie nickte: »Wir hatten es ganz nett gestern Abend.«

»Ich habe also nicht gefehlt.«

»Mein Vater denkt, du arbeitest an deiner Karriere, das gefällt ihm besser, als wenn du hier bei uns bist.«

»Dann werde ich heute weiter an meiner Karriere basteln und rechtzeitig in die Redaktion fahren.«

»Hoffentlich hast du vorher noch etwas Zeit für uns«, hörte er es von der Tür her. Annegret Haberland kam herein und umarmte ihren Schwiegersohn temperamentvoll. »Alles lässt sich auch nicht mit Arbeit und Stress erklären, mein Lieber.«

»Schön, dass ihr uns besucht«, murmelte Thomas, aber Annegret winkte nur ab.

»Du klingst nicht sehr überzeugend, aber ich will's mal glauben.« Damit wandte sich Annegret von ihm ab und nahm ihre Tochter in den Arm.

»Was macht der Magen?«

»Besser. Ich habe sogar richtig Appetit.«

Thomas trug Tassen und Teller in die Essecke im Wohnzimmer, wo ihn sein Schwiegervater mit einem ironischen Lächeln empfing.

Raimund Haberland war ein sehr stattlicher Mann mit schütterem Haar, einer von denen, die immer Aufmerksamkeit erregen, weil sie selbstbewusst, ein bisschen zu laut, dabei doch sehr jovial auftreten und deutlich fordern, was ihnen angeblich zusteht.

Anders als seine Frau, die feinsinnige Mittsechzigerin, die ohne Perlenkette nie das Haus verließ, die am liebsten auch zu Hause elegante Schuhe und Bluse trug, die jede Woche dem Friseur einen Besuch abstattete, pflegte er das Image des hemdsärmligen Selfmade-Mannes. Sein Stil war Hose, Hemd und Sakko, wobei die Hose an unauffälliger Stelle durch etwas Gummibund bequemer gemacht war.

»Der moderne Mann deckt den Tisch«, spottete er.

»Das war schon in deiner Generation so, das ist nur an dir vorübergegangen.«

Raimund Haberland war keineswegs beleidigt, er freute sich an dieser Art von Geplänkel. »Warum hat mich meine Frau dann verschont?«

»Weil du so ungeschickt bist.«

Der Schwiegervater lachte dröhnend. »Mach ruhig weiter, Hausmann, ich gehe inzwischen ins Bad.«

Darauf fiel Thomas nun keine schlagfertige Antwort mehr ein. Aber Raimund Haberland hatte noch eine Spitze auf Lager.

»Wenn ich gewusst hätte, wie durchgelegen euer Bett ist, hätte ich euch eines zu Weihnachten geschenkt.«

Auch diese Bemerkung konnte Thomas auf die Schnelle nicht parieren.

Lisa kam mit einem Tablett herein: Marmelade, Wurst, Käse, Eier, Quark, Obst ... nichts, was es nicht gab.

»Hast du gesehen, was meine Eltern uns zu Weihnachten geschenkt haben?«, fragte sie, und ihr Schmunzeln verriet, dass mit allem zu rechnen war. Ihr Blick wanderte zu dem kleinen Gabentisch, auf dem ein Umschlag und eine Karte lagen. Thomas nahm die Karte, dann hielt er die Luft an.

»Was sollen wir mit einem Personal Trainer?«

»Er soll uns beide fit machen.«

Thomas' Lächeln fiel ein bisschen krampfhaft aus.

»In Passau ist das die allerneueste Mode«, erklärte Lisa. »Man geht nicht mehr ins Fitness-Studio, sondern holt sich einen Typ, der sich mit einem ganz individuell beschäftigt. Papa macht das auch.«

»Davon merkt man aber noch nichts«, brummte Thomas, der seinen Schwiegervater als einen genussfreudigen und bewegungsfaulen Menschen kannte.

»Kannst du nicht wenigstens so tun, als ob du dich freust?«

»Freust du dich denn?«

»Mit dir zusammen zu trainieren? Eigentlich schon, wenn ich wieder gesund bin.«

Lisa zählte leise die Tropfen von Richard Wachter in ein Glas. »Was ist denn herausgekommen in Helmering?«

»Wegen einer Geschichte bin ich hingefahren und jetzt habe ich noch eine zweite mitgebracht: Der Hitzlkofer hört auf.«

»Ist er zu alt?«

»Er sagt, es lohnt sich nicht mehr für ihn.«

»Dann bekommt Helmering einen neuen Wirt.«

»Ich bin mir nicht sicher. Er hat recht geheimnisvoll getan.«

»Hast du denn nicht nachgefragt?«

»Doch, aber er wollte mir nichts sagen.«

»Es wäre aber sehr schade, wenn das Wirtshaus in deinem Heimatort dichtmacht. Damit geht dem Ort ja sein einziger Treffpunkt verloren.«

Thomas nickte: »Ich rede mal mit dem Kollegen vom Landkreis, vielleicht schreibt der was.«

In der Redaktion lief Thomas gleich dem Chefredakteur in die Arme. Früher hatte der in der Weihnachtszeit Urlaub genommen, aber dieses Jahr war er hiergeblieben.

»Zwischen den Jahren eine spannende Zeitung machen, das ist eine hohe Kunst«, hatte er verkündet. »Da will ich dabei sein.« Erst auf Umwegen hatten die Kollegen erfahren, dass die Frau des Chefs lieber mit ihrer erwachsenen Tochter und deren Familie weggefahren war.

»Angeblich war kein Platz mehr für ihn in dem Ferienhaus auf Teneriffa«, amüsierte sich die Praktikantin, die das wiederum von ihrer Mutter gehört hatte, die mit der Frau des Chefs befreundet war.

Hätten sie ihn doch mitgenommen, dachte Reitinger, als sein Vorgesetzter loslegte.

»Dünn, die heutige Ausgabe«, sagte der statt eines Morgengrußes. »Sehr dünn. Ein magerer Polizeibericht, der aufgeplusterte Unfall eines Dorfpolitikers, eine Umfrage, deren Antworten vollkommen vorhersehbar sind. Was sollen die Leute denn anderes tun an Weihnachten als spazieren gehen, wenn das Wetter so schön ist? Eislaufen vielleicht?«

Thomas sah, dass die Tür zur Lokalredaktion offen stand. Kollege Aschenbrenner hatte sich da postiert, rührte bedächtig in seiner Kaffeetasse und grinste. Den Rüffel gönnte er Reitinger von Herzen.

»Ich denke, die Geschichte über Hartmut Degenhardt könnte was hergeben«, widersprach Reitinger.

Der Chef lachte höhnisch. »Das ist doch lächerlich! Der Mann will sich nur wichtig machen.«

»Schuldest ihm noch einen Gefallen, Reitinger?«, mischte sich Aschenbrenner ein.

»Ich mach keinen Kuhhandel auf Kosten der Zeitung!« Damit ließ Thomas sich auf die Provokation ein. Nicht schlau, denn der Chef wurde hellhörig.

»Sie kennen diesen Degenhardt besser?«

»Er ist Bürgermeister in Neukirchen«, knurrte Thomas.

»Und Reitinger ist von dort«, ergänzte Aschenbrenner höhnisch. »Weil sein Helmering gehört doch zu Neukirchen.«

Der Chef musterte Thomas sehr, sehr skeptisch.

»Ich kann Degenhardt gar nicht leiden«, rechtfertigte sich Thomas.

Der Chef aber stieg auf Aschenbrenners Anspielungen ein.

»Ich schlage vor: Wenn überhaupt noch etwas zu diesem Thema erscheint, dann auf der Landkreisseite. Und Sie sehen sich nach einem richtigen Aufmacher für die morgige Ausgabe um.«

Der Chef wollte schon weitergehen, doch Aschenbrenner rief ihm nach: »Ich hätte da was.«

Neugierig wandte sich der Chef um, Reitinger stand dabei, als hätte er hier gar nichts zu melden.

»Die Jeannette, die will aus Regensburg weg.«

Der Chef lachte: »Da werden einige Honoratioren aber traurig sein.«

Aschenbrenner nickte. »Wenn sie sich jetzt auf Malle zur Ruhe setzt, vielleicht packt sie vorher noch ein bisschen aus.«

Reitinger schüttelte missbilligend den Kopf. Die Enthüllungen einer Dame aus dem Gewerbe wollte er nicht auf seiner Seite haben. Aber der Chef schien Gefallen daran zu finden.

»Wenn Ihnen Jeannette etwas erzählt, gerne. Aber dezent verarbeiten, Herr Aschenbrenner. Manchmal bewirken Andeutungen mehr als alles andere! Ein paar gute Anekdoten wird die Dame wohl auf Lager haben. Ich erinnere mich, wie ich mit dem früheren Landtagsabgeordneten in ihrem Club war ...«

Das Handy läutete, der Chef machte eine bedauernde Geste, weil er die Geschichte nicht erzählten konnte, dann nahm er den Anruf entgegen und ging den Flur weiter.

Reitinger drückte sich an dem grinsenden Aschenbrenner vorbei ins Büro, ging zu seinem Schreibtisch und schaltete den Computer ein.

»Ich habe die Wette gewonnen. Du schuldest mir ein Essen«, freute sich Aschenbrenner.

Thomas schwieg und starrte auf den Bildschirm, als stünde da schon der Aufmacher, nach dem er noch suchen musste, wenn er Aschenbrenners Geschichte toppen wollte.

Es blieb nicht der einzige Dämpfer für Reitinger an diesem Tag. Auch das Gespräch mit dem Kollegen vom Landkreis verlief nicht erfreulich. Messi, eigentlich mit vollem Namen Messerschmidt, schüttelte den Kopf.

»Ich hätte gar nichts über diesen stolpernden Bürgermeister geschrieben. Und wenn du die Geschichte schon auf deiner Seite bringst, dann will ich nicht hinterher recherchieren und sie noch mal aufwärmen. Vergiss die Sache einfach. Wir haben einen Familienstreit mit drei Verletzten, da brauch ich die Schürfwunden von deinem Degenhardt nicht mehr.«

Wieder so ein Zyniker, dachte Thomas. Er sah auf den unordentlichen Schreibtisch des älteren Kollegen mit der leicht geröteten Nase. Früher hatten alle diesen Schreibtisch als Bermuda-Dreieck der Redaktion bezeichnet, erst später hatten sie gemerkt, dass die Abkürzung Messi für Messerschmidt den chaotischen Redakteur am allerbesten beschrieb. An der Wand der Kalender, von dem er täglich einen Tag abstrich – auf dem Weg zur Rente. Die er dann vermutlich im Wirtshaus verleben würde.

Das erinnerte Thomas an das zweite Thema, das er Messi andienen wollte. Er erzählte, was er von Hitzlkofer gehört hatte. Aber auch das beeindruckte Messi nicht.

»Es wird keinen neuen Wirt geben, auch nicht in deinem Helmering«, brummte er. »Wirtshaussterben hab ich dieses Jahr schon zwei Mal gehabt. Ein alter Hut.«

Thomas ging zurück an seinen Schreibtisch. Er kochte vor Wut. Waren denn alle Kollegen, mit denen er gut arbeiten konnte, in Urlaub oder hatten Termine? Wo war eigentlich diese Praktikantin? Wieder nicht aus den Federn gekommen?

»Ich geh dann zur Jeannette«, kündigte Aschenbrenner an. »Um vier Uhr bin ich wieder da und dann schreibe ich den Aufmacher. Regensburg von unten sozusagen.« Er kicherte albern. Fotograf Bobby Friedrich aber stieg darauf ein.

»Regensburg zwischen Plüsch und Plunder, Pariser und Porno«, dichtete er.

»Das ist gut, das schreib ich mir auf!« Aschenbrenner war Feuer und Flamme.

Thomas wollte noch sagen, dass er die Geschichte redigieren würde, aber da war Aschenbrenner schon weg.

»Ich gehe Mittagessen!«, verkündete Kollege Messi aus dem Nebenraum.

»Ich komme mit!«, hörte Thomas die Stimme der Praktikantin.

»Du bist ja da!«, rief er erstaunt, und sie lächelte kurz herein.

»Und schon wieder weg. Bis später.«

Thomas saß da und grübelte. Er war ungeeignet als leitender Redakteur. Er war kein Alphatier. Höchstens ein Gammatier. Er fühlte sich elend, und niemand war da, der ihm half, mit seinem Selbstmitleid fertigzuwerden.

»Reitinger!«

Die Stimme des Chefs holte Thomas aus seinen Gedanken.

»Wir haben eine Leiche - in Bad Abbach.«

»Das ist Landkreis Kelheim.«

»Aber es ist eine Politikerin aus dem Landkreis Regensburg.«

»Das ist etwas für Messis Seite.«

Anders als zuvor wischte der Chef alle Bedenken beiseite.

»Erstens ist Ihr Kollege beim Essen und zweitens traue ich Ihnen in dieser Sache wesentlich mehr zu.«

Das war Thomas neu. Er nahm sein Sakko, rief noch schnell den Fotografen auf dem Handy an und ging. Hoffentlich hatte die Polizei die Leiche schon weggeschafft. Da war Thomas empfindlich.

Er war schon so lange nicht mehr in Bad Abbach gewesen. Hatten sie alles umgebaut? War es schon immer so kompliziert gewesen oder war er zu dumm, um sich zurechtzufinden? Hier wiesen Schilder zur Ortsmitte, dort zu einer Therme, hier zu einer Schule, da zu einem Kindergarten - aber wo war der Kurpark?

Thomas blieb einfach mitten auf der Straße mit dem Wagen stehen, las Schild für Schild, ignorierte das Hupen der anderen Verkehrsteilnehmer. Er fuhr ein Stück weiter und starrte dann auf eine Steinskulptur mit großen Füßen und wuchtigen Beinen. Was oder wen sollte sie darstellen?

Wieder wollte er weiterfahren, da klopfte jemand empört an die Scheibe. Thomas ließ sie herunter.

»Können Sie nicht lesen?«

Die Frau wies auf ein Verkehrsschild. Thomas war aus Versehen in die Fußgängerzone gefahren.

»Ich muss zum Kurpark. Können Sie mir helfen?«

Die Frau konnte. Umkehren, links, links, geradeaus, langsam fahren, ermahnte sie ihn noch.

Rasen ging hier ohnehin nicht. Die Straße war schmal, Thomas kam kaum am Gegenverkehr vorbei. Es dauerte, bis er endlich auf dem Parkplatz am Kurpark landete. Jetzt könnte ich auch eine Kur vertragen, dachte er. Der Weg war schwierig gewesen, aber der Park war idyllisch.

Der kleine Pavillon, wo vielleicht im Sommer Kurkonzerte stattfanden, der Bach, die alten Bäume. Thomas blieb stehen und sah sich um. Wo sollte hier bitteschön eine Leiche liegen?

Nur wenige Leute waren da, einige hatten Krücken oder eine andere Gehhilfe, manche hinkten, andere hatten den Arm eingebunden. Offenbar Patienten der orthopädischen Klinik. Hinten in einer Ecke des Parks sah Thomas eine Menschenansammlung. Vermutlich musste er dorthin.

Über die Brücke den Weg entlang bis zur Trinkhalle. Unter der Holzüberdachung eine Steinmauer, ein eingelassenes Becken, plätscherndes Wasser, das faulig roch. Schwefel.

Thomas ging nahe an die Absperrung heran und linste gemeinsam mit einigen anderen Neugierigen auf die Szene. Die Tote lag hinter der Steinmauer; mit dem Gesicht zum Boden, man sah ihre halblangen dunklen Haare, einen eleganten Mantel, schicke Schuhe.

Jana Meyerbeer kam auf ihn zu. Die Kommissarin stieg über das Absperrband und stellte sich zu Thomas.

»Hat es wieder dich erwischt?«

»Die anderen waren alle beim Mittagessen.«

Ein leises Lächeln huschte über das Gesicht der zierlichen Kommissarin. Reitinger erwiderte es. Sie gefiel ihm immer noch, auch wenn er, anders als in der Zeit seiner Krise mit Lisa, jetzt vollkommen sicher war, wo sein Platz war.

»Wer ist es?«

»Marita Hauner, sagt dir das was?«

Reitinger nickte: »Politikerin, Freie Wähler. Aktiv in ihrer Heimatgemeinde Donaustauf, aber auch im Kreistag. Sozial und ökologisch sehr engagiert. Nett, aber entschlossen.«

»Ein Typ, der sich Feinde macht?«

»Eine Frau, die weiß, was sie will.«

»Wusste, was sie wollte«, korrigierte Jana Meyerbeer.

Einen Moment schwiegen beide.

»Wofür hat sie sich denn engagiert?«

»Kindergärten, Hort- und Krippenplätze, das waren so ihre Themen. Gegen Kinderarmut, für Bildung.«

Die Kommissarin machte sich Notizen. »Das wollen doch angeblich alle.«

»Aber sie hat dafür gekämpft. Auch für Tierschutz und gegen die Verschandelung der Landschaft.«

»Also eine streitbare Person.«

»Ich fand sie gut. Eine Politikerin mit einer Meinung.«

Der Polizeiarzt kam näher und sah missbilligend, wie Jana und Thomas sich unterhielten. »Man kann noch nichts sagen, schon gar nicht der Presse.«

»Ich sage ihm auch nichts, ich horche ihn aus«, meinte Jana und lächelte.

Das schien der Kollege nicht so ganz zu glauben. Skeptisch musterte er Thomas, der sich nun auch ganz groß fühlte, da Jana zu ihm stand. »Ich erkläre der Frau Kommissarin die politischen Zusammenhänge.«

»Ich möchte ihr gerne die medizinischen erklären«, hielt der Arzt dagegen.

Jana Meyerbeer nahm seinen Arm: »Ich bin jetzt gleich so weit, André.«

André musterte Thomas noch einmal von oben bis unten, dann ging er zurück zum Tatort.

Thomas sah Jana Meyerbeer forschend an, und tatsächlich wurde sie rot. »Ja, du denkst richtig«, sagte sie nur.

Thomas zuckte zusammen. Gerade hatte er für einen Augenblick das Gefühl gehabt, er sei vielleicht doch ein Alphatierchen, als ihn der Arzt eifersüchtig musterte. Und schon war es wieder vorbei.

»Entschuldige, aber ich muss weitermachen«, sagte Jana Meyerbeer.

»Wie ist sie denn gestorben?«

»Sie wurde gewürgt. Ob das tödlich war, das kann ich dir noch nicht sagen.«

»Wann wurde sie umgebracht?«

»Wird auch erst die Obduktion zeigen. Aber vermutlich schon gestern Abend.«

»Ist sie hier gestorben?«

Jana Meyerbeer nickte.

»Vermutlich in der Trinkhalle. Der Täter hat sie dann die paar Meter hinter die Steinmauer geschleift, wahrscheinlich damit man sie nicht so schnell findet.«

»Irgendwelche Fußspuren, Faserspuren oder sonst was ?« Der Reitinger hatte dazugelernt, seit *seinem* ersten Mord in Helmering.

»Ruf mich an. Im Moment weiß ich noch nicht mehr. Ciao, Thomas.«

Reitinger ging im Park spazieren. Er dachte nach, machte sich von Zeit zu Zeit Notizen.

Er wollte mehr über das Privatleben der Toten in Erfahrung bringen. Mann? Kinder? Wo wohnte sie genau? Wer hatte die Leiche gefunden und die Polizei benachrichtigt? Erwürgt - deutete das darauf hin, dass ein Mann der Täter war? Das Wichtigste: Wer hatte denn ein Motiv, dieser Frau etwas zu tun? Oder war es Raubmord? Er hatte nicht gefragt, ob etwas fehlte.

Tatsächlich hatte Jana ihn ausgehorcht, aber er kaum etwas in Erfahrung gebracht.

Thomas sah sich um. Was hatte die Tote hier gemacht, abends, am Sonntag nach Weihnachten?

Er schrieb erst einmal alles zusammen, was er wusste, was er noch wissen wollte, dann sah er Bobby Friedrich.

»Hast genug Infos, Reitinger?«

»Schön wär's.«

»Ich war schon dort und hab alles im Kasten.«

»Wär ich bloß Fotograf geworden.«

Thomas ging zurück zum Tatort. Die Spurensicherung war bei der Arbeit, die Leiche wurde gerade weggetragen.

Jana Meyerbeer stieg in ihren Wagen. Thomas konnte sie gerade noch aufhalten. »Was ich dich fragen wollte: War's Raubmord?«

Die Kommissarin schüttelte den Kopf: »Die Handtasche war da, auch die Geldbörse.«

»Also eine Beziehungstat.«

Allmählich wurde sie ungeduldig: »Es kann alles Mögliche sein, bis hin zu einer Verwechslung oder einem Versehen. Das kann man zu Beginn der Ermittlungen schließlich nicht wissen.«

»Wer hat überhaupt die Leiche gefunden?«

»Ein Spaziergänger.«

»Wer genau?«

Janas Blick sagte ihm, dass er das von ihr nicht erfahren würde.

Es gab viele grauenhafte bayerische Flüche, doch Aschenbrenner kannte mit Abstand die meisten.

»Kreuzkruzifixhimmelherrgottsakrament, ich will die Leiche«, schrie er abschließend, als er hörte, dass Reitinger an der Sache dran war.

Thomas grinste und wechselte einen schadenfrohen Blick mit seiner Kollegin Andrea Kriegler, die heute wieder Dienst hatte und gerade von einem Termin zurückkam. Aschenbrenner stürzte sich immer wie ein Geier auf gute Storys, aber weil er dieses Mal bei einer Dame mit Vergangenheit Kaffee trinken wollte, war er eben leer ausgegangen.

»Von mir aus kann der Reitinger das schreiben, aber es kommt zur mir auf die Landkreisseite«, ließ Messi hören.

»Ich nehme die Story nach vorne«, entschied der Chef. »Wir verstecken eine ermordete Politikerin doch nicht im Landkreis.«

Reitinger hätte sich geschmeichelt fühlen können, aber andererseits fragte er sich nun: Womit machen wir unsere Seite auf? Doch nicht mit Madame Jeannette, die Regensburg verlässt und sich auf Mallorca niederlässt?

Der Zufall kam ihm zu Hilfe. Als die Praktikantin wieder eines ihrer sehr ausdauernden Telefonate mit ihrem Freund führte und er sie gerade unterbrechen wollte, da hörte Thomas den entscheidenden Satz: »Das ist ja furchtbar, was soll denn ein Affe bei uns machen?«

»Er wird Politiker oder geht zur Zeitung«, brummte Reitinger, und erntete dafür ein Lächeln von der jungen Kollegin, die Thomas' Einmischung richtig verstand und das Gespräch sofort beendete: »Du, ich muss jetzt Schluss machen.«

Wie um sich zu rechtfertigen, erzählte sie Thomas, was sie gehört hatte: »Da hat einer seiner Tochter zu Weihnachten einen kleinen Affen geschenkt. Wo auch immer er den herhat, keine Ahnung. Da stellen sie fest: So ein Affe macht eine Menge kaputt und stubenrein ist er auch nicht - wird er auch nicht. Und schwupps, schon nach drei Tagen ist der Affe im Tierheim.«

»Gute Geschichte«, fand Reitinger. »Mach sie. Und zwar gleich.«

»Wirklich?«

»Ich brauche sie in drei Stunden.«

»Das schaffe ich nicht.«

»Dann macht das Andrea.«

»Nein!«

Die Praktikantin packte ihre Handtasche und eilte zur Tür hinaus.

»Ein Foto vom Affen?«, fragte Bobby Friedrich, der gerade die Bilder von der Leiche auf dem PC betrachtete.

»Unbedingt«, meinte Reitinger. »Und überleg dir genau, wen du dazustellst. Vielleicht hat der Aschenbrenner Zeit.«

Der konnte das nicht hören, denn er stand im Zimmer des Chefs und versuchte, den Mord in Bad Abbach an sich zu reißen.

»Was will er bloß mit einer toten Kommunalpolitikerin, wenn er eine lebende Prostituierte haben kann«, spottete Thomas und begann zu schreiben.

Der Chef nickte, als Reitinger fertig war.»Einiges drin, noch vieles offen.«

»Mehr habe ich nicht.«

»Sie sollten aber mehr heranschaffen die nächsten Tage. Ich will nicht nur Spekulationen über Todesursache und Hintergründe lesen.«

»Morgen werden wir sicher wissen, wann sie gestorben ist.«
Der Blick des Vorgesetzten verriet, dass ihm das zu wenig war.

Andrea Kriegler redigierte den Artikel über den Affen im Tierheim, den Christina im Eiltempo recherchiert und geschrieben hatte. Sie sah Reitinger mit vorwurfsvollem Blick entgegen, als er ins Zimmer kam.

»Hätte ich den Artikel bloß selbst geschrieben!«, klagte sie.

»Sie ist erst seit kurzem Praktikantin«, verteidigte Reitinger die Autorin.

»Aber ich muss jetzt alles umschreiben.«

»Sie hat die Geschichte aufgegabelt.«

Der abgrundtiefe Seufzer der Kollegin erweichte Reitingers Herz.

»Soll ich's dir abnehmen?«

Sie schüttelte den Kopf: »Du hast doch genug mit deinem Mordfall zu tun.«

Thomas packte seine Sachen zusammen. Lisa hatte vier Karten fürs Theater organisiert. Der Schwiegervater war zwar nicht so begeistert gewesen, aber Annegret umso mehr. Thomas interessierte sich nicht so sehr für das Stück, aber er wusste, dass er im Theater seine Ruhe haben würde. Keine Fragen, keine Antworten, keine Konversation. Die Aussicht darauf gefiel ihm sehr.

In diesem Moment klingelte sein Telefon.

»Degenhardt.«

»Herr Bürgermeister!« Thomas war ehrlich überrascht.

»Ich habe gerade im Radio gehört, dass Marita Hauner umgebracht worden ist. Sie war doch auch gegen die Umgehungsstraße!«

»Sie sehen da einen Zusammenhang ...«

»... mit dem Anschlag auf mich, natürlich. Bitte, Herr Reitinger, kommen Sie vorbei!« Die Stimme des Bürgermeisters überschlug sich vor Angst.

»Sind Sie noch im Krankenhaus?«

»Ja, aber besonders sicher fühle ich mich hier nicht.«

Auf dem Weg zum Auto rief Thomas noch schnell zu Hause an. Lisa reagierte enttäuscht. »Ein bisschen Zeit solltest du schon mit uns verbringen.«

»Den Mord konnte ich nicht einplanen. Und wenn Degenhardt sagt ...«

»Du kannst ihm doch gar nicht helfen, das ist Sache der Polizei.«

»Die nehmen seine Angst nicht ernst.«

»Willst du die ganze Nacht am Bett des Bürgermeisters wachen, damit ihm nichts passiert?«

Sie hat Recht, dachte Thomas, aber das sagte er nicht.

Lisa erwartete offenbar gar keine Antwort. Sie hatte schon die nächste Frage parat. »Was mache ich mit der vierten Karte?«

»Wie wär's mit meiner Mutter?«

»Ich bin in Gefahr!«, rief Degenhardt, als Thomas das Zimmer betrat. Der Mann im Bett neben ihm sah fern und beäugte den späten Besucher kritisch.

»War denn inzwischen jemand von der Polizei da?«, fragte Thomas.

»Die kommen doch immer erst dann, wenn etwas passiert ist«, klagte der Bürgermeister. »Dabei ist Vorbeugung doch genauso wichtig wie Verbrechensbekämpfung!«

Thomas setzte sich ans Bett. Er sah, dass die Hände des Bürgermeisters zitterten.

»Sie denken also, die Ermordung von Marita Hauner hat mit der geplanten Umgehungsstraße zu tun.«

Degenhardt nickte: »Ich habe nur mit knapper Not überlebt.«

»Ich habe Sie schon mal gefragt: Wer will denn die Umgehungsstraße so sehr, dass er dafür einen Mord begehen würde?«

Degenhardt lachte bitter: »Je länger ich darüber nachdenke, desto mehr Leute fallen mir ein.«

»Zum Beispiel?«

Der Bürgermeister holte etwas weiter aus: »Meine Partei ist ja für die Umgehungsstraße.«

Thomas nickte: »Sie sind plötzlich dagegen und sagen nicht, warum.«

»Ich habe es Ihnen gesagt! Aus ökologischen Gründen.«

»Das kaufe ich Ihnen nicht ab. Marita Hauner war engagierte Umweltschützerin, das weiß ich. Aber Sie ...«

Degenhardt schwieg.

Thomas beugte sich vor: »Wenn ich Ihnen helfen soll, müssen Sie schon ehrlich sein, Herr Bürgermeister.«

»Vielleicht habe ich die Bauern verärgert mit meinem Meinungswechsel. Einige haben sicher gehofft, dass sie Felder an den Staat abtreten können, wenn die Umgehungsstraße kommt.«

Thomas sah den Bürgermeister verständnislos an.

»Aber der Staat zahlt doch gar nicht so viel, wenn er Grund von den Bauern für den Straßenbau braucht. Ganz anders, als wenn ihre Felder als Baugebiet ausgewiesen werden!«

»Trotzdem: Für den einen oder anderen wäre die Finanzspritze sicherlich willkommen gewesen.«

Besonders überzeugend fand Thomas dieses Argument nicht. Er versuchte, die Fäden zusammenzuführen.

»Sie meinen also, ein Bauer erwürgt Marita Hauner, weil sie gegen die Umgehungsstraße ist?«

»Ich weiß doch selbst nicht, wer es war! Aber dass jemand mich überfällt und am nächsten Tag Frau Hauner tot ist - ich bin in Lebensgefahr!«

Thomas war nicht so sicher, ob da ein Zusammenhang bestand. Aber er hatte das Gefühl, dass Degenhardts Angst vielleicht nicht unberechtigt war und dass er weiter recherchieren sollte.

»Kannten Sie Marita Hauner gut?«, fragte er nach.

Degenhardt fing an zu erzählen.

So wie er die Kollegin aus dem Kreistag schilderte, hatte sie ein vorbildliches Leben geführt. Sie war ehrenamtlich tätig gewesen in verschiedenen Vereinen und Verbänden, vom Elternbeirat über die Kirche bis hin zum Kinderschutzbund. Dann Mitglied im Gemeinderat, aufgestellt für den Kreistag, dem sie schon seit vielen Jahren angehörte.

»Sie war eine angenehme Kollegin«, sagte Degenhardt und er klang schon wieder wie ein Politiker. »Ihr ging es nie um den persönlichen Erfolg oder die politische Karriere. Sie war sozial engagiert. Wenn man etwas Gutes tun wollte, dann hatte man sie immer auf seiner Seite.«

»Ein tolles Aushängeschild für eine Partei.«

Degenhardt nickte: »Marita Hauner konnte Stimmen holen. Besser als die meisten ihrer männlichen Kollegen.«

Besser als du, dachte Thomas.

Die Schwester kam herein und sah Reitinger strafend an. Der stand auf und verabschiedete sich von Degenhardt. Die Angst kehrte zurück in die Augen des Bürgermeisters.

»Wie soll ich diese Nacht überstehen? Was ist, wenn der Mörder hier auftaucht?«

»Sie sind doch nicht allein«, sagte Thomas und warf einen Blick auf Degenhardts Bettnachbarn. Der bedachte ihn mit einem bösen Blick.

Thomas dekantierte den Rotwein, stellte Gläser auf den Tisch, einen Teller mit Plätzchen, einen mit Salzgebäck. Dann setzte er sich aufs Sofa und wartete auf die Kulturheimkehrer. Ich hätte Degenhardt stärker in die Mangel nehmen sollen, dachte er noch. Ich bin einfach viel zu nett. Mit diesem Gedanken schlief er ein.

Er wachte auf, als sein Schwiegervater im Flur lauthals kundtat, dass er mit dem Theaterstück gar nichts anfangen konnte, während Annegret Haberland meinte, das Stück sei wunderbar, aber die Inszenierung zu modern. Schnell stand er auf und versuchte, einen munteren Eindruck zu machen.

Lisa sah mit einem Lächeln auf Thomas' Arrangement, seine Mutter aber wirkte ungemein beeindruckt.

»Hast du das alles gemacht?«

»War nicht schwer, Mutter.«

4. Kapitel

Nur ein Piep vom Wecker und Thomas sprang hoch. Er warf einen unsicheren Blick auf Lisa, aber sie hatte offenkundig nichts gehört. Leise nahm er seine Kleidung, die er am Abend vorher noch bereitgelegt hatte, und schlich hinaus auf den Flur.

Auf Zehenspitzen ging er am Schlafzimmer vorbei, in dem seine Schwiegereltern untergebracht waren. Annegret Haberland hatte einen leichten Schlaf, er wollte sie nicht in fünf Minuten neben sich in der Küche stehen haben, auf ihn einredend, seine Kaffeekochtechnik kritisierend. Er holte Semmeln und Brezen beim Bäcker, er kochte Kaffee, deckte liebevoll den Tisch. Als er sich umdrehte, sah er Lisa, die in der Tür stand.

»Schön hast du das gemacht«, sagte sie und legte dann doch noch zur Dekoration ein Tannenzweiglein zwischen Butter und Marmelade.

Thomas sah zur Uhr. »Dafür, dass dein Vater sich beschwert hat, unser Bett sei so unbequem, halten deine Eltern es aber lange aus in den Federn.«

»Sag doch gleich, dass du schon ins Büro willst.«

Thomas schwieg und wich Lisas vorwurfsvollem Blick aus: »Ich wäre froh, wenn du mich mit meinen Eltern nicht so allein lassen würdest.«

»Die vermissen mich bestimmt nicht.«

»Aber ich. Sie sind anstrengender, wenn du nicht da bist.«

»Das ist meine natürliche Autorität. Die schüchtert sie ein.«

Wenigstens schmunzelte seine Frau jetzt.

»Was habt ihr heute vor?«, fragte er nach.

»Ich bin noch nicht ganz fit. Aber meine Eltern treffen sich mit deiner Mutter am Dom.«

»Ich fürchte, sie kriegen die große Stadtführung mit allen Details.«

»Ich glaube eher, sie werden deiner Mutter an jeder Ecke erklären, dass Passau doch schöner ist.«

Inzwischen war es etwas kälter geworden, winterlicher. An diesem Morgen sah man Reif auf dem Gras, kleinere Pfützen waren zugefroren, auch die Bäume schimmerten etwas weiß. Thomas machte seine Jacke zu und nahm sich vor, morgen Handschuhe mitzunehmen. Es sollte bald Schnee fallen, sagte der Wetterbericht.

»Wie wollen Sie denn heute vorgehen, Herr Reitinger?« Thomas sah das aufmerksame Gesicht seines Chefs.

»Ich habe überlegt, ob der Anschlag auf Degenhardt etwas mit dem Mord an Marita Hauner zu tun hat.«

Aschenbrenner lachte laut und böse.

»Hör doch auf mit deinem gestolperten Dorfbürgermeister!«

Der Chef nickte bestätigend. »Ich denke auch, Sie haben genug zu tun, im Mordfall Hauner zu recherchieren. Hintergründe, Familie, Motive. Die Spekulation, ob jemand diesem Gemeindechef etwas getan hat, ist mir zu weit hergeholt.«

»Aber es könnte doch sein ...«

»Bleiben Sie beim Mordfall Hauner!«

Der Ton des Chefs ließ keinen Zweifel zu. Dann die hämische Miene Aschenbrenners.

»Ich würde erst mit dem Witwer sprechen«, schlug der vor.

»Ich finde, aus Pietätsgründen ...« Weiter kam Thomas nicht.

»Sie sind Journalist und nicht Seelsorger.« Der Chef wurde ärgerlich.

»Wenn der Reitinger die wichtigen Infos nicht besorgen will, dann mache ich das.« Wieder Aschenbrenner.

»Warum nicht? Vielleicht ist es ohnehin besser, wenn wir die Arbeit ein bisschen aufteilen«, meinte der Chef.

Aschenbrenner frohlockte. Endlich eine Chance, in den Fall reinzukommen.

Thomas zögerte. Der unangenehmste Teil der Arbeit würde ihm dann abgenommen. Allerdings stand er dadurch als Weichei da.

»Entweder ich mache es ganz oder gar nicht.« Thomas setzte alles auf eine Karte.

Aschenbrenner und Reitinger maßen sich mit Blicken wie beim Duell im Morgengrauen. Der Chef freute sich.

»Ich sehe: Konkurrenz belebt das Geschäft.«

Thomas legte nach: »Was macht eigentlich deine Geschichte über Jeannette?«

»Gestern hast du noch gesagt, das ist keine Geschichte«, antwortete Aschenbrenner.

»Für morgen brauchen wir sie vielleicht, also schreib sie fertig.«

Der Chef nickte bestätigend: »Wenn Herr Reitinger dann noch Unterstützung benötigt, kommen Sie ihm zu Hilfe.«

Im Gehen schob er nach: »Ach ja, die Kripo rufe ich an. Sie wissen ja, dass ich da besonders gute Informanten sitzen habe.«

Der Chef lächelte in Erinnerung an seine alten Freunde bei der Polizei.

Aschenbrenner trollte sich beleidigt auf seinen Platz, arbeitete betont langsam und sah zu, wie Thomas sich Artikel aus dem Archiv zog.

»Ich würde hinfahren. Man erfährt viel mehr, wenn man mit den Leuten redet.«

»Aber ich will vorbereitet sein.«

Aschenbrenner maulte noch eine Weile vor sich hin, doch Thomas störte sich nicht daran. Er machte sich Notizen zum Leben und zur Karriere der ermordeten Kreispolitikerin. Tatsächlich hatte sie in den vergangenen zehn Jahren einiges auf die Beine gestellt, gerade im sozialen Bereich. Dann holte er sich noch Informationen zur geplanten Umgehungsstraße. Vielleicht hatte Degenhardt Recht, und es ging wirklich um die umstrittene Trassenführung.

Thomas stellte sein Auto am Ortseingang von Donaustauf auf dem Parkplatz ab. Er war schon so lange nicht mehr hier gewesen. Früher waren sie manchmal mit Gästen zur Walhalla gefahren, aber den Ort selbst kannte er kaum. Er zog den kleinen Straßenplan heraus, den er sich aus dem Internet geholt hatte. Wo war die Taxisstraße?

Als er in die Maxstraße kam und von dort abbog, die Straße zur Burg hinauf, da war er dann doch beeindruckt, wie hübsch es hier war. Fremde Leute grüßten ihn, als gehörte er hierher, und sehr schnell hatte er das Haus der Familie Hauner gefunden. Zwei Namen standen auf dem Schild: Hauner und Gröbinger.

Thomas konnte sich nicht dazu durchringen zu klingeln. Unentschlossen ging er den Weg zur Burg hinauf, sah sich die Anlage an, kam wieder herunter mit dem festen Vorsatz, jetzt etwas zu machen. Weil er sich bei Hauner immer noch nicht zu klingeln traute, versuchte er es bei Gröbinger.

Eine schwarz gekleidete junge Frau öffnete und sah ihn fragend an.

»Grüß Gott«, sagte Thomas freundlich.

Die Frau nickte nur kurz.

»Ich bin Thomas Reitinger. Von der Zeitung.«

Der Blick der Frau wurde nicht freundlicher. »Mit meinem Vater können Sie nicht sprechen. Der ist mit den Nerven am Ende.«

»Sie sind die Tochter von ...?«

Sie nickte: »Corinna Gröbinger.«

»Ich möchte Ihnen mein Beileid aussprechen.«

»Aber deshalb sind Sie sicher nicht gekommen.« Sie klang bitter. Er hörte ein kleines Kind weinen.

»Sie entschuldigen mich. Meine Tochter ...«

Thomas zog seine Visitenkarte heraus und hielt sie der Frau hin. »Vielleicht reden wir ein andermal ...«

Die Frau nahm die Karte, sah sie kurz an und steckte sie dann ein. »Hören Sie sich ruhig im Ort um. Alle werden Ihnen dasselbe sagen: Meine Mutter war ein guter Mensch. Und wer auch immer ihr das angetan hat ...«

Sie brach in Tränen aus. Thomas reichte ihr ein Taschentuch.

Die Leute beim Metzger und Bäcker waren gesprächiger. Doch sie sagten wirklich alle dasselbe, wie es die Tochter der Ermordeten angekündigt hatte. Marita Hauner war sehr beliebt, eine warmherzige, freundliche, hilfsbereite Frau, die für alle ein offenes Ohr hatte.

»So sollten sie alle sein, die Politiker.«

»Die Marita hat wirklich jedem geholfen.«

»Eine gute Frau, die nicht viel Aufsehen um sich selbst gemacht hat.«

»Wenn man was gebraucht hat, waren sie immer da, er genauso wie sie.«

»Das Einzige, was mich gestört hat«, sagte ein Nachbar, den Thomas vor seinem Haus antraf. »Bei der hatten sogar die Schnecken Artenschutz. Keiner hat sie was zuleide getan, und wenn sie dann drüben bei Hauners nicht mehr satt geworden sind, dann sind sie zu mir herübergekommen, die ekelhaften Viecher.«

»Und was haben Sie gemacht?«

»Kurzen Prozess. Da kenn ich nix.«

Thomas Reitinger sah nachdenklich in den kleinen Garten.

»Aber nicht, dass Sie das Falsche denken«, fügte der Nachbar hinzu. »Ich bring bloß Schnecken um.«

Thomas stand auf der Straße und machte sich Notizen zu dem, was er alles erfahren hatte. Marita Hauner, 47 Jahre alt, seit mehr als 25 Jahren verheiratet mit dem Herbert Hauner, Gymnasiallehrer für Deutsch und Geschichte. Seit einigen Jahren wieder halbtags tätig als Physiotherapeutin, offenbar sehr engagiert und energiegeladen. Beliebt und freundlich. Die Tochter, die Thomas bereits kennengelernt hatte, war verheiratet, wohnte im ersten Stock des elterlichen Hauses, mit ihrem Mann und ihrer kleinen Tochter.

Thomas fröstelte, er steckte seinen Block ein, zog seinen Anorak fester zusammen, blies sich in die Hände. Er wollte gerade zu seinem Wagen gehen, als er Jana Meyerbeer kommen sah. Sie stieg aus dem Auto, gemeinsam mit einem älteren Kollegen, den Thomas nur vom Sehen kannte.

»Servus, hast du kurz Zeit?«

Jana warf einen Blick auf den Kollegen. Der hatte sich eine Zigarette angezündet und blies soeben den ersten Zug in die Luft.

»Fünf Minuten«, sagte sie. »Dann ist der Gerd auch so weit.«

Der Gerd nahm die Spitze mit einem lakonischen Schulterzucken.

»Bewegung an der frischen Luft ist gesund«, sagte er und ging tatsächlich ein paar Schritte.

»Wisst ihr schon mehr? Ist sie tatsächlich erwürgt worden?«

Jana Meyerbeer nickte. »Es ist am Vorabend passiert. Und der Täter trug vermutlich Handschuhe.«

»Also sieht's schlecht aus mit Fingerabdrücken.«

Jana Meyerbeer lächelte ironisch und nickte. »Gut kombiniert, Thomas.«

Er ignorierte ihren Spott. »Weißt du, was die Frau Hauner in Bad Abbach gemacht hat?«

»Sie hat dort gearbeitet.«

»Aber nicht am Sonntag nach Weihnachten!«

»Vielleicht wollte sie spazieren gehen.«

»Sie fährt von hier nach Abbach zum Spazierengehen? Ich denke eher, sie wollte jemanden treffen.«

Einen Moment musterten sie sich schweigend.

Sie ist glücklich, dachte Thomas. Ich sehe es ihr an. Sie ist mit dem Arzt zusammen und glücklich. Auch wenn das sicherlich ihr Verhältnis zu ihm entspannter machte, trotzdem spürte er so etwas wie Eifersucht. Sie hatte ihm einmal gut gefallen.

»Sonst noch was?«, holte ihn die Kommissarin aus seinen Gedanken.

»Der Bürgermeister von Neukirchen ...«

Jana Meyerbeer winkte ab.

»Bitte, bleib mir mit Degenhardt vom Hals. Er will Personenschutz und er kriegt ihn nicht. Punkt.«

Thomas wollte noch einmal nachfragen, aber da rief schon Janas Kollege. »Wenn's dauert, zünde ich mir noch eine an.«

Da klingelte Jana Meyerbeer bei Hauners.

Reitingers Artikel hätte auch die Überschrift tragen können: »Ein Engel ist von uns gegangen.« Aber er wusste nicht, was er sonst über Marita Hauner hätte schreiben sollen. Genau das hatten ihm die Leute in Donaustauf erzählt. Diese Frau war anscheinend besonders aufrichtig, patent und tatkräftig gewesen. Das hatten ihm auch einige Politiker aus dem Kreistag bestätigt, die er angerufen hatte.

»Mit der konnte man reden.«

»Die war nicht so verbohrt, dass sie nur schaute, was für die Partei gut ist.«

»Die war nicht so wohltätig von oben herab, die war echt engagiert und hat was auf die Beine gestellt.«

»Umweltschutz lag ihr wirklich am Herzen – und sie ist oft mit gutem Beispiel vorangegangen.«

War sie wirklich eine so faszinierende Frau, oder redeten alle nur gut über sie, weil man über Tote nichts Schlechtes sagen sollte?

Reitinger beschloss, ein paar Spekulationen an das Ende seines Artikels zu stellen. Auch wenn ihm keiner glaubte, dass es einen Zusammenhang zur Degenhardt-Geschichte gab, so stellte er ihn doch her: Kurz vor Marita Hauners Ermordung sei, wie bereits berichtet, ein anderer Politiker aus dem Landkreis, auch Mitglied des Kreistags, bei einem Unfall verletzt worden. Der Täter habe sein Opfer mit dem Rad angefahren und sei geflüchtet. Hat es jemand auf Politiker des Landkreises abgesehen? Und wenn ja, warum?

Bevor er den Artikel ins Blatt nahm, sah sich Thomas noch einmal einige Beiträge zum Thema Umgehungsstraße im Archiv an. Warum hatte Degenhardt seine Meinung geändert? Vielleicht sollte er noch einmal nach Helmering fahren – und dieses Mal direkter und offensiver fragen.

Aber wann? Lisa würde ihm nicht verzeihen, wenn er sie heute Abend wieder mit ihren Eltern alleinließ.

Bei ihm zu Hause ging es hoch her.

Therese Reitinger und Raimund Haberland waren gerade im Wohnzimmer in eine heftige Diskussion verstrickt.

»Passau ist durch die Lage an den drei Flüssen wirklich von der Natur begünstigt. Dann die Nähe zu Österreich ...«

»In Regensburg findest du aus jeder wichtigen Epoche etwas. Die Römer, das Mittelalter, die freie Reichsstadt ...«

»Römer haben wir auch!«
»Aber nicht so viele!«
»Dann die vielen herrlichen Barockbauten, die Pracht und die Verschwendung ...«
»Wir haben aus jeder Zeit schöne Kirchen!«, hielt Therese dagegen.
»Wir haben die größte Orgel der Welt.«
»Aber nimmer lang, dann haben wir sie!«
Thomas stand im Flur, zog seine Jacke aus und lugte kurz ins Wohnzimmer, sah Annegret, Therese und Raimund zusammensitzen und beschloss, sich in diese Diskussion nicht einzuklinken. Er war froh, dass Lisa allein in der Küche hantierte, denn er wollte sie gerne unter vier Augen sprechen.
Lisa reagierte enttäuscht, als er ihr sagte, dass er noch einmal wegmüsse, um zu recherchieren. »Ich bin immer noch nicht so ganz auf dem Damm, habe das Haus voller Besuch und du ...«
»Sie können doch alle mitkommen. Wir essen in Helmering, du hast dann hier deine Ruhe ...«
Lisa überlegte einen Moment, dann nickte sie.

»Das ist eine gute Idee«, fand auch Raimund Haberland. »Raus aufs Land, keine Kultur, keine Stadtbesichtigung, einfache Menschen ...«
Therese Reitinger sah ein bisschen wehmütig aus. »Fahr doch mal tagsüber raus. Dann könnte ich ein paar Leute besuchen ...«
»Komm halt jetzt mit!«, forderte Thomas seine Mutter auf und wandte sich an Annegret: »Das Wirtshaus ist wirklich sehr gemütlich.«
Denn er hatte wenig Lust, mit seinem Schwiegervater allein am Stammtisch aufzutauchen. Er konnte sich gut vorstellen, dass der alte Herr, gewöhnt andere Leute zu dominieren, auch dort gleich das große Wort führen würde. Wenn aber seine Mutter und Annegret mitkamen, dann war das sicherlich entspannter, dann konnten sie einen eigenen Tisch nehmen.
»In eurem Wirtshaus sitzen doch nie Frauen«, wandte die Schwiegermutter ein.

»Wenn ich dabei bin, passiert euch schon nichts.« Thomas hatte es lustig gemeint, aber Annegret sah ihn fast dankbar an.

»Ich komme nur mit, wenn Lisa auch will«, wandte sie noch ein, und Lisa nickte nach kurzem Überlegen: »Vielleicht ist es nicht schlecht, wenn ich mal hier rauskomme.«

Zur Sicherheit rief Thomas lieber noch beim Wirt an.

»Hat deine Frau heut was gekocht? Können wir noch was Warmes kriegen?«

»Ich frag sie«, sagte Hitzlkofer und Thomas bekam mit, wie er den Hörer behutsam zur Seite legte, wegschlurfte und seine Frau suchte. Dann hörte er eine laute Wirtin, einen leiseren Ehemann, dann wieder Schlurfen, ein Rascheln in der Leitung, ein Räuspern, er war wieder da.

»Pass auf, Thomas. Nur, weil du es bist. Wir haben noch ein Schweinernes und Knödel macht sie auch.«

»Danke, Rudi. Das wird schlimm, wenn du aufhörst.«

»Meine Frau freut sich drauf, ich weiß noch net so recht.«

»Bis später.«

Am Stammtisch war einiges los. Hans Neubauer und sein Sohn Bernhard bekundeten, wie froh sie waren, mal wieder der heimischen Idylle zu entfliehen nach all den Feiertagen.

Sepp Freisleder linste zu Therese Reitinger. Er hatte sie einmal sehr verehrt und mochte sie immer noch, aber er wusste, dass er keine Chancen bei ihr hatte. Auch Feuerwehrkommandant Albert Lauber saß am Tisch mit seinem Cousin Karsten Kröger, der das Reitingersche Haus angemietet hatte.

»Setz dich ruhig zu deinen Spezln«, sagte Lisa, und es klang ein bisschen spitz. »Deine Familie nimmt den Tisch da hinten.«

»Ich setze mich doch zu euch.«

»Du bist zum Arbeiten hergekommen, nur zu, wir verstehen das«, widersprach Raimund Haberland und klopfte Thomas wohlwollend auf die Schulter.

»Für die Herrschaften Schweinebraten und Knödel?«, fragte die Hitzlkoferin freundlich die neue Gesellschaft, aber Lisa schüttelte den Kopf.

»Für mich einfach ein Käsebrot und einen Salat.«

»Das nehme ich auch«, meinte Annegret, und als sie sah, dass Raimund den Mund auftat und bestellen wollte, fügte sie schnell hinzu: »Und mein Mann auch.«

»Ich tät schon ein Schweinernes vertragen«, meinte Therese Reitinger und Thomas, der die Szene mit Unbehagen vom Stammtisch aus verfolgte – schließlich hatte er ja ein warmes Essen vorbestellt – atmete erleichtert auf, dass wenigstens seine Mutter so reagierte, wie er es von allen erwartet hatte.

»Für mich auch den Schweinebraten«, sagte Thomas gleich, als die Hitzlkoferin mit finsterem Gesicht auf ihn zukam.

»Ich hab aber für mehr Leut gekocht«, fauchte sie.

»Ich tät auch einen nehmen«, schaltete sich Sepp Freisleder ein und strahlte zur Reitingerin hinüber, die Hitzlkoferin zog grummelnd ab.

Offensiv sein, rief Thomas sich seinen Vorsatz in Erinnerung. »Ich wollte euch etwas fragen wegen der Umgehungsstraße«, begann er, bekam aber keine Antwort, weil die Wirtin eine Runde Bier brachte: »Vom Thomas sein Schwiegervater.«

Sepp Freisleder stimmte an. »Der edle Spender lebe ...«

Alle fielen ein: »... hoch – hoch – hoch!«

Raimund Haberland hob sein Glas Bier und nickte herüber zu dem Stammtisch: »Prost, die Herren.«

Dann lächelte er an seinem Tisch in die Runde. »Und die Damen.«

»Ich dachte, du bist an dem Mord in Bad Abbach dran«, meinte Hans Neubauer. »Was willst du denn mit unserer Straße?«

»Vielleicht hat die irgendwie auch damit zu tun. Frau Hauner war gegen die Straße, genau wie Degenhardt ...«

»Prost, Reitinger, du siehst ja weiße Mäuse!«, rief Bernhard Neubauer und alle lachten.

Lisas Eltern sahen neugierig von ihrem Tisch herüber.

»Die haben es ja lustig«, meinte Raimund Haberland neidisch.

Die Hitzlkoferin kam mit dem Essen: »Drei Mal kalt, ein Mal Schwein.« Raimund warf einen sehnsüchtigen Blick auf den Teller der Reitingerin, die nach ihrem Streit über Regensburg und Passau sein Bedauern über sein karges Mahl nun doch mit einem schadenfrohen Lächeln quittierte.

»Dein Schweinernes ist unübertroffen«, sagte sie laut zur Hitzlkoferin. Die dankte für das Kompliment mit einem Nicken und sah den traurigen Blick Raimunds.

»Ich bring noch eins.«

Haberland nickte schnell, und die Hitzlkoferin machte sich auf den Weg in die Küche, ohne auf die Proteste Annegrets noch zu hören.

Bauer Gerber war inzwischen dazugekommen. Keiner achtete auf ihn, alle waren noch damit beschäftigt, sich über Thomas lustig zu machen.

»Der Degenhardt leidet unter Verfolgungswahn«, meinte Bernhard Neubauer und sein Vater klopfte Thomas fast liebevoll auf die Schulter. »Du glaubst auch alles, was dir die Leute erzählen. Alles glaubst du.«

Und du kannst dir nicht abgewöhnen, jeden Satz doppelt zu sagen, dachte Thomas und nahm einen kräftigen Schluck Bier.

»Keine gute Eigenschaft für einen Journalisten«, grinste Albert Lauber. »Gutgläubigkeit solltest du dir eigentlich nicht leisten.«

»Aber bei so einer Umgehungsstraße geht's doch um viel Geld.« Thomas gab noch nicht nach. »Und die Mehrheitsverhältnisse im Kreistag sind knapp. Da zählt jede Stimme. Auch die vom Degenhardt.«

»Aber wegen einer Straße bringt man doch keinen um.«

Thomas wandte sich hilfesuchend an Gerber. »Du hast gesagt, dass der Degenhardt immer große Versprechen macht und sie dann nicht hält.«

»Spezlgeschäfte macht er schon gern«, fügte der Sepp Freisleder noch hinzu.

»Was ist das?«, fragte Karsten Kröger. Während sein bayerischer Cousin Albert ihm erklärte, dass dies ein nicht ganz sauberer Handel unter Freunden war, eine Art Vetternwirtschaft, stand Thomas auf und ging zur Toilette. Frustriert war er, weil er wieder nicht weiterkam mit seinen Recherchen. Als er zurück in die Gaststube wollte, kam ihm im Flur Gerber entgegen und nahm ihn zur Seite.

»Rede mal mit dem Landinger.«

Thomas sah ihn fragend an.

»Der wollte sogar schon eine Bürgerinitiative gründen, damit die Umgehungsstraße gebaut wird.«

»Will ausgerechnet der reichste Bauer seine Felder unbedingt für den Straßenbau hergeben?« Thomas kam sich sehr witzig vor.

Gerber sprach ganz leise: »Das alte Haus von seinen Schwiegereltern steht dort.«

»Da wohnt doch keiner mehr«, erinnerte sich Thomas. »Das käme bestimmt weg, wenn sie die Straße doch bauen.«

»Angeblich hat ihm der Degenhardt gesagt, der Staat kauft das Haus und zahlt eine Menge Geld dafür.«

Thomas kapierte allmählich den Zusammenhang. »Aber niemand würde für das Haus noch einen Cent hinlegen.«

Gerber nickte: »Das hat der Landinger auch erfahren, wie er sich erkundigt hat. Und dann hat er Angst bekommen, dass auch der Staat nichts zahlt und hat dem Degenhardt die Hölle heiß gemacht. Da war der Bürgermeister auf einmal gegen die Umgehungsstraße. Damit er das Versprechen nicht halten muss, das er dem Landinger gegeben hat.«

Am Stammtisch hatten sie das Thema noch nicht gewechselt, als Thomas sich wieder dazusetzte.

»Es schadet dem Degenhardt nicht, wenn er mal einen auf die Schnauze ...«

Bernhard Neubauer sagte seinen Satz nicht zu Ende. Denn in diesem Moment kam Richard Wachter herein. Der Dorfarzt war immerhin der Schwager des Bürgermeisters.

»Worum geht's, dass ihr auf einmal so still seid?«, fragte Wachter. »Fehldiagnosen, Ärztepfusch, Krankenkassenprobleme, Abzocke der Mediziner?«

»Um deinen Schwager«, sagte Thomas wahrheitsgemäß. »Und wer was gegen ihn haben könnte.«

»Ich hab auch manchmal was gegen ihn, vor allem wenn er mir die politische Weltlage erklärt und zwei Stunden das Maul nicht mehr zukriegt. – Ein Bier und ...« dabei warf er einen Blick auf Thomas' leer gegessenen Teller. »Einmal Schweinebraten mit zwei Knödel.«

Hitzlkofer stellte ihm sein Bier hin und setzte sich dazu.

»Wo soll ich denn in Zukunft meinen Schweinebraten essen, wenn du dein Wirtshaus zumachst, Hitzlkofer?«, wollte Wachter wissen.

»Was wird aus unserem Stammtisch?«, fragte Neubauer nach.

Rudi Hitzlkofer zuckte die Schultern.

»Meine Frau und ich, wir mögen halt nimmer. Die Kinder haben auch kein Interesse.«

Einen Moment herrschte Schweigen.

»Es geht sich nicht um«, sagte Hitzlkofer.

Karsten sah seinen Cousin fragend an. »Es lohnt sich nicht«, übersetzte der.

Hitzlkofer wies mit dem Kopf zur Tür, wo ein selbstgebasteltes Plakat eine große Silvesterfeier im Wirtshaus ankündigte.

»Das letzte große Fest.«

»Was wird aus dem Wirtshaus?«, fragte Reitinger erneut nach in der Hoffnung, dieses Mal mehr zu erfahren.

»Ich hab einen Interessenten.«

»Dann geht's ja doch weiter!«

Hitzlkofer schüttelte den Kopf.

»Der macht was anderes draus.«

Die Frau des Wirts kam mit dem Schweinebraten aus der Küche und stellte ihn vor Richard Wachter ab.

»Wir haben versprochen, dass wir's noch nicht rumerzählen«, fauchte sie, und dem Hitzlkofer war klar, dass er jetzt den Mund halten sollte.

»Ich wollte zwei Knödel«, reklamierte Wachter.

»Kommt sofort«, sagte die Wirtin und verschwand wieder.

»Jetzt sag schon, Rudi. Was wird's, wer nimmt's?«

»Es geht über eine Immobilienfirma«, murmelte Rudi und hielt dann den Mund, weil seine Frau wieder aus der Küche kam.

»Das war doch mal ganz was anderes«, freute sich der Schwiegervater, als sie gemeinsam nach Regensburg zurückfuhren. »Dieses Dorfwirtshaus ist so urig und gemütlich, die Leute so nett, fast wie bei uns in Passau.«

»Und morgen hast es wieder an der Galle von dem fetten Fleisch.«

Die Bemerkung kam vom Rücksitz, von seiner Frau. Denn Raimund saß vorne neben Lisa, die das Steuer übernommen hatte, nachdem von den beiden Herren keiner mehr fahren konnte.

»Das Fleisch war sehr mager«, verteidigte die Reitingerin. »Die Hitzlkoferin ist eine gute Köchin.«

»Aber sie mag nicht mehr, die beiden hören auf.« Thomas wurde ganz melancholisch. Wenn es in Helmering erst einmal das Wirtshaus nicht mehr gab und das Elternhaus vermietet war, wo konnte er dann überhaupt noch hin?

»Wer nimmt das Wirtshaus dann?«, fragte seine Mutter nach.

»Er sagt, es wird was anderes. Und er ist in Verhandlungen mit einer Immobilienfirma, die die ganze Sache abwickelt.«

»Was kann man denn mit so einem Haus machen?«, wollte Annegret wissen.

»Da gibt es einige Möglichkeiten«, mischte Lisa sich ein, denn schließlich war das ihr Fachgebiet. »Man könnte es luxussanieren. Hübsche Apartments rein, für Feriengäste oder für Leute, die einen Zweitwohnsitz auf dem Land wollen.«

»Aber doch nicht in Helmering«, meinte Thomas.

»Warum nicht?«, fragte seine Mutter spitz, aber die Frage ging unter, denn Lisa hatte noch weitere Ideen.

»Oder eine Institution sucht ein größeres Haus für Veranstaltungen. Eine Küche ist drin, große Räume sind da, Gästezimmer...«

»Aber Helmering ...«, meinte nun auch Raimund Haberland.

»Es ist schön gelegen, das Haus ist sicherlich nicht teuer – warum also nicht?«, meinte Lisa und als niemand mehr etwas zu dem Thema sagte, da fügte sie hinzu: »In Kallmünz gab es ja auch so einen Fall. Der Wirt wollte aufhören, und es gab einen auswärtigen

Interessenten für die Gaststätte. Ich glaube, das sollte ein Seminarhaus werden. Aber aus irgendeinem Grund ist dann doch nichts aus dem Deal geworden.«

»Hat dein Chef damals als Makler das Geschäft vermittelt?«, fragte Thomas.

Lisa schüttelte den Kopf: »Nein, aber ich kann nachsehen, wer es war.«

»Ja, jetzt fällt es mir auch wieder ein, das ist erst ein oder zwei Jahre her«, mischte sich Therese Reitinger ein. »Da waren einige Leute sehr dagegen, dass ein Fremder das Wirtshaus umbaut. Auch ein alter Jugendfreund von deinem Vater hat da mitgemischt ... und dann hatte er diesen Unfall.«

Reitinger, der gerade beim Eindösen war, war wieder hellwach. »Wer hatte einen Unfall?«

»Der Gnadl war das. Der ist irgendwie gestürzt, glaub ich.«

»Wann und wo?«

»Da schaust mal in den alten Ausgaben euerer Zeitung nach, da wird's wohl drinstehen«, sagte die Reitingerin und beugte sich vor.

»Lisa, bist so lieb und setzt mich da vorne ab?«

5. Kapitel

»Was machen wir morgen Abend?« fragte Lisa ihren Mann, als er am nächsten Morgen wieder einmal mit den Semmeln vom Bäcker kam und den Frühstückstisch deckte. Thomas Reitinger zuckte die Schultern. Silvester war nicht nach seinem Geschmack. Stundenlang herumsitzen und warten, dass es Mitternacht wurde, um dann von seiner Schwiegermutter geküsst und von seinem Schwiegervater umarmt zu werden, darauf hatte er sich nicht das ganze Jahr gefreut.

»Der Hitzlkofer macht ein großes Fest, weil es doch das letzte Silvester in seinem eigenen Wirtshaus ist. Hast nicht das Plakat gesehen?«

Lisas Blick sprach Bände. Reitinger wollte sich sofort rechtfertigen. »Deinem Vater würd's gefallen.«

»Meiner Mutter nicht. Und mir auch nicht.« Lisa hatte gleich eine andere Idee. »Sollen wir tanzen gehen? Irgendwo wird's ja wohl einen Ball geben.«

»Wenn wir da nicht zu spät dran sind mit den Karten ...«

»Für dich als Journalist sollte das eigentlich kein Problem sein.«

Thomas verstand es als Auftrag und nickte. Lisa legte ihre Arme um ihn und sah ihn liebevoll an. »Du tanzt mit mir?«

»Sogar mit deiner Mutter.«

»Du machst auch ein freundlicheres Gesicht?«

»Das ist jetzt zu viel verlangt.«

»Und wenn ich heute ins Büro gehe und mich erkundige, welcher Immobilienhändler sich damals für das Wirtshaus in Kallmünz interessiert hat?«

»Hmmmmmmmmm.«

»Vielleicht bekomme ich auch heraus, welcher Auftraggeber hinter diesem Interesse steckte?«

»Dann tanze ich sogar mit deinem Vater.«

Lisa lachte. »Nicht nötig. Aber ein Tango mit mir sollte schon drin sein.«

»Wenn du ins Büro gehst – was machen dann deine Eltern?«

»Mama will in eine Ausstellung, und Paps wird derweil vermutlich die Ausstellungshallen der Autohändler hier inspizieren.«

Doch ganz so schnell kam Thomas nicht weg. Im Flur lief er noch Raimund über den Weg. »Wann geht's denn los mit dem Sport?«

Thomas wusste gar nicht, wovon er redete.

»Das Personal Training, das ich euch geschenkt habe!«

»Bald«, murmelte Thomas und versuchte so auszusehen, als ob er sich darauf freute. »Ganz bald.«

»Das ist gut gegen das da«, lachte Raimund und klopfte Thomas auf den Bauch.

Thomas lachte nicht.

»Ich mach das seit einem halben Jahr und fühle mich wie neugeboren.«

»Aber abgenommen hast nicht, oder?«, konterte Thomas.

»Das Fettgewebe verwandelt sich in Muskelmasse«, erklärte der Schwiegervater.

»Wenn's bei mir so viel hilft wie bei dir, dann werde ich es genießen«, grinste Thomas und verschwand.

Im Büro empfingen ihn spöttische Blicke und Kommentare.

»Eine Heilige ist verblichen!«

»Ein Engel hat uns verlassen!«

»Die Welt ist ärmer ohne sie.«

Allmählich reichte es ihm. »Was kann ich dafür, wenn niemand was Schlechtes über die Haunerin sagt?«

»Vielleicht ein bisschen gnadenloser recherchieren?«

Dieser Einwand kam von Aschenbrenner. Natürlich. Der Superjournalist. Die Spürnase. Der investigative Typ, der jeden menschlichen Abgrund kannte.

»Du bist doch nur sauer, weil wir deine Geschichte über Jeannette geschoben haben.«

»Und du bist zu feig, so eine Superstory ins Blatt zu nehmen.«

Thomas sah auf den Artikel über Jeannette, der groß auf dem Computerbildschirm prangte. »Wenn ich das so lese, Aschenbrenner, dann denke ich, dein Callgirl ist eigentlich Psychologin.«

»Zuhören ist ein Teil ihres Geschäfts.«

Die Kollegen lachten und Aschenbrenner wehrte sich weiter. »Es gibt viele Männer, die bei ihr vor allem Verständnis suchen.«

»Und sich deshalb auf die Couch legen«, grinste Thomas.

Wieder Gelächter von allen Seiten.

»Vertraust du ihr auch deine Sorgen an, Aschenbrenner?«, fragte Bobby und lud nebenbei die Fotos von seiner Kamera auf den Computer.

»Ich brauch keine Hilfe.«

»Aber vielleicht von Zeit zu Zeit eine Frau.«

Schweigen. Alle sahen auf die Praktikantin, die diese respektlose Bemerkung in den Raum geworfen hatte.

Aschenbrenner musterte sie wütend. »Ich muss nicht zahlen, wenn ich eine will.«

»Woher kennst du dann Jeannette?«, fragte Leisner, der Kollege vom Feuilleton, der gerade dazugekommen war.

»Weil sie eine Regensburger Institution ist! Jeder kennt sie. Und sie kennt alle, die Rang und Namen haben.«

»Bestimmt nicht alle«, relativierte Reitinger.

»Wenn du dich da mal nicht täuschst. Sie hat sogar ein Büchl, wo alle drinstehen, die Kunden bei ihr sind.«

»Das hat sie dir gesagt?« Thomas war skeptisch.

»Sie hat mir das Büchl sogar versprochen. Bevor sie nach Mallorca geht, krieg ich's.«

Reitinger sah den Kollegen ahnungsvoll an. Er konnte sich vorstellen, was jetzt kam.

»Da krieg ich noch monatelang Super-Schlagzeilen raus.«

Leisner lachte: »Vielleicht gleich eine Serie: Auch er war Kunde von Jeannette!«

»Du Kulturbeutel hast doch keine Ahnung von Enthüllungsjournalismus.«

»Enthüllung«, kicherte die Praktikantin, »das passt ja zu ihrem Beruf.«

Ein tödlicher Blick von Aschenbrenner.

»Ich will in der Zeitung nicht lesen, wer dort ein- und ausgegangen ist.« Reitinger hatte beschlossen, die Debatte abzukürzen.

»Ich rede mit dem Chef, der wird mich verstehen. Der hat nichts gegen Artikel, die die Auflage steigern.«

Thomas antwortete nicht. Er setzte sich an seinen Schreibtisch und überlegte, wie er heute mit seinen Recherchen zum Tod von Marita Hauner anfangen sollte.

Thomas rief Jana Meyerbeer an: »Du hast auch immer Dienst, wenn alle anderen freihaben.«

»Viele Kollegen haben Familie.«

Schweigen.

»Ich nehme an, du hast Fragen zum Tod von Marita Hauner.«

»Wisst ihr inzwischen, ob sie sich in Bad Abbach mit jemandem treffen wollte?«

»Wir haben noch keine Zeugen, die sie an dem Nachmittag oder Abend gesehen haben. Wir wissen nur vom Mann und den Kindern, dass sie gerne in Bad Abbach war, nicht nur wenn sie dort arbeitete.«

»Klingt nach einem Geheimnis.«

»Vielleicht wollte sie einfach nur mal für sich sein.«

Thomas grübelte. Er kam nicht weiter mit dieser Geschichte. Sollte er nach Bad Abbach fahren und sich in Cafés oder im Kurpark umhören? Vielleicht hatte doch jemand Marita Hauner bemerkt. Aber ob sich dieser Aufwand lohnte?

Vielleicht sollte er die Sache von der anderen Seite her aufzäumen und sich um die Degenhardt-Sache kümmern. Er schrieb auf ein Blatt, was er über den angeblichen oder wirklichen Überfall auf ihn wusste. Dann suchte er die Telefonnummer von Landinger in Helmering heraus, auf dessen Spur ihn Gerber gesetzt hatte. Er kannte den Landwirt nicht besonders gut, aber er hatte ihn bei einigen Gelegenheiten als selbstbewussten und entschlossenen Mann erlebt, der sich nicht gerne etwas sagen ließ.

Bevor er dort anrufen konnte, klingelte sein Handy – Lisa.

»Ich glaube, ich habe Neuigkeiten für dich, Thomas.« In ihrer Stimme schwang Stolz mit. »Ich weiß, wer sich damals für das Wirtshaus in Kallmünz interessiert hat.«

Thomas dachte gerade über Hauner und Degenhardt nach, das Thema Wirtshaus hatte nicht zur selben Zeit Platz in seinem Kopf. Er bemühte sich, schnell umzuschalten. Lisa redete bereits weiter.

»Ein Makler aus Nürnberg war hinter dem Objekt her. Er heißt Morawitz und ist auf besondere Immobilien spezialisiert.«

»Was heißt denn das?«

»Alte Schulgebäude, alte Bahnhöfe, alte Wirtshäuser. Große Objekte, die zum Teil schon länger leer stehen, die schwer verkäuflich und billig zu haben sind.«

»Das Wirtshaus in Kallmünz sollte also ein Seminarhaus werden«, erinnerte sich Thomas. Lisa hatte es am Vorabend erwähnt.

»Genau. Morawitz führte die Verhandlungen für eine Organisation, die bereits zwei sehr erfolgreiche Seminarhäuser betreibt, eines in der Nähe von Wuppertal und eines im Harz – auch umgebaute Gaststätten übrigens.«

Thomas war beeindruckt: »Du recherchierst besser als die meisten hier in der Redaktion.«

Lisa lachte. »Mein Chef hat mir erzählt, dass er die Sache in Kallmünz genauer verfolgt hat. Morawitz habe nicht gerade den besten Ruf, er arbeite öfter mit großen Organisationen, die nicht gerne selbst in Erscheinung treten, sondern erstmal den Makler vorschicken.«

»Du weißt bestimmt auch schon, warum aus dem Geschäft nichts geworden ist.«

»Der Sohn des Wirts hat sich erweichen lassen und den Betrieb dann doch übernommen.«

»Und wer hat sich hinter diesem Morawitz versteckt?«

»Das weiß ich leider noch nicht.«

Thomas überlegte einen Moment. »Vielleicht sollte ich mit dieser Frau Gnadl sprechen, deren Mann angeblich mit meinem Vater früher gut bekannt war.«

»Den hat mein Chef auch erwähnt«, erzählte Lisa. »Er konnte sich erinnern, dass der Mann so eine Art selbsternannter Heimatpfleger war und sich ganz entschieden gegen den Verkauf des Wirtshauses gestemmt hat.«

Thomas klemmte das Handy zwischen Schulter und Kopf, so gut das mit dem kleinen Ding möglich war. Das alte Handy war etwas größer gewesen, da war das leichter gegangen. Leise fluchte er vor sich hin.

»Was grantelst denn so?«, fragte Lisa.

»Ich lege grade mal das Handy weg, weil ich mir was aufschreibe.«

»Ich brauche zum Schreiben nur eine Hand«, spottete Lisa.

»Ich schreib's gleich in den Computer, dann kann ich's auch lesen.«

»Eine gute Idee bei deiner Schrift«, lachte Lisa. »Aber bei dem neuen Handy war doch auch ein Headset, setze es doch einfach auf.«

Ich muss die Gebrauchsanweisung lesen und das Ding mal in Ruhe studieren, nahm sich Thomas wieder vor.

»Hast du dich schon um etwas gekümmert für Silvester?« Thomas schwieg, aber Lisa ahnte offenbar sofort, was los war. »Thomas, wenn du keine Zeit oder Lust hast, dich um Karten für einen Ball zu bemühen, dann sag es gleich. Dann mach ich das lieber selber.«

»Doch, doch, ich finde schon was.«

»Aber nicht Helmering oder dergleichen.«

»Bestimmt nicht. Was Besonderes. Versprochen.«

Lisas skeptisches Schweigen sprach Bände.

Thomas legte sich verschiedene Zettel an, denn allmählich drohte er den Überblick zu verlieren.

Umgehungsstraße stand auf dem ersten Zettel: Degenhardt dagegen (warum?), Hauner dagegen (Ökologie). Degenhardt verletzt, Hauner tot.

Wirtshäuser gehen kaputt – komische Immobilienfirma als Strohmann für Organisation? Thema der Landkreisredaktion geben.

Wohin an Silvester?

Dann redete er mit dem Landkreisredakteur. Messi sah ihn mitleidig an.

»Reitinger, ich will deine blöden Wirtshäuser nicht. Dass die Hauner ermordet worden ist, das ist eine Story!«

»Die schreiben wir ja auch!«

»Du machst sie. Warum soll ich mich um den Müll kümmern, wenn du dir die Rosinen rauspickst?«

Schiefes Bild, dachte Thomas. Wer pickt schon Rosinen aus Müll? Aber er wollte den Kollegen nicht weiter verärgern. »Ich hab das nicht entschieden, dass ich mich um den Mordfall kümmere, da musst schon mit dem Chef reden.«

Der Kollege sah ihn spöttisch an. »Red doch du mit ihm. Sag ihm, ich könnte es genauso gut.«

Reitinger schwieg. Der Kollege wandte sich ab und sagte, gerade noch im Gehen: »Warst früher nicht so ehrgeizig, Thomas.«

Reitinger nahm es als Kritik.

Die Wirtshausgeschichte wollte er nicht aufgeben. Aber vielleicht ließ sich einiges am Telefon erledigen. Zunächst rief er Hitzlkofer an.

»Ich kann dir wirklich nichts sagen«, flüsterte Rudi.

»Wer verbietet es dir? Deine Frau oder die Leute, die dein Wirtshaus kaufen wollen?«

»Ich sag nix.«

»Soll's ein Seminarhaus werden?«

Hitzlkofer atmete schwer, das konnte Thomas hören. Dann die Antwort. »Ich sag nix.«

»Gibt's einen Makler? Heißt der Morawitz?«

»Ich sag nix.«

»Danke Rudi. Du warst mir echt eine große Hilfe.« Wütend knallte Thomas den Hörer auf.

Bauer Landinger machte es ihm nicht leichter. »Musst schon rauskommen, ich red nicht gern am Telefon«, meinte er.

Der nächste Telefonversuch galt der Witwe des Mannes, der sich damals so gegen den Verkauf des Wirtshauses in Kallmünz ins Zeug gelegt hatte.

»Ich fahre morgen zu meiner Tochter nach Köln«, erklärte ihm Hannelore Gnadl. »Also wenn, dann kommen Sie bitte heute noch, am besten so in zwei, drei Stunden. Ich muss noch ein paar Besorgungen machen.«

»Wo wohnen Sie in Kallmünz?«

»Ich wohne gar nicht mehr dort, sondern in Duggendorf, in der Friedhofstraße.«

Thomas sah auf das Foto von Marita Hauner. Eine hübsche Frau, sehr gepflegt, attraktiv, apart. Er hätte sie nicht auf Mitte vierzig geschätzt. Was war wichtiger? Sich in Bad Abbach umzuhören oder mit Bauer Landinger und Frau Gnadl zu reden? Er beschloss, die Recherchen in Bad Abbach auf den nächsten Tag zu verschieben. Die Ermittlungen der Polizei liefen auf vollen Touren, wenn es da etwas Neues gäbe, dann würde er es auch erfahren. Doch die Sache mit den Wirtshäusern und mit Degenhardt, da war nur er dran.

Allerdings war da noch die Sache mit dem Silvesterball. Er telefonierte herum, doch in Regensburg konnte er nirgends mehr Karten bekommen. So versuchte er sein Glück in Bad Abbach. Hier lief es auch nicht viel besser.

»Nein, wir sind total ausverkauft.«

»Auch nicht für die Presse?«

Ein kurzes Zögern. Thomas war es peinlich. Er verschaffte sich ungern eine bevorzugte Behandlung, nur weil er Journalist war. Aber lieber war er der Schmarotzer von der Zeitung, als dass er sich Ärger bei Lisa einhandelte.

»Zwei Karten kann ich Ihnen anbieten.«

»Wir sind zu viert – und ich zahle auch.«

»Moment.« Die Dame legte den Hörer weg und ging. Thomas hörte gedämpfte Stimmen im Hintergrund, dann kam sie wieder.

»Hören Sie? Es sind vier Saalkarten – aber holen Sie diese bitte heute noch ab.«

»Danke«, sagte Thomas und legte auf.

Auf dem Weg zum Auto rief er Lisa an.

»Kannst du bitte in Bad Abbach die Karten holen? Ich habe noch zwei Termine.«

»Hat es denn in Regensburg gar nichts mehr gegeben?«

»Ich hab's wirklich probiert.« Er kannte dieses Schweigen. Sie war sauer. »Du bist wütend auf mich.«

»Thomas, du hast versprochen, dass du dich wenigstens darum kümmerst, und jetzt schickst du mich los, die Karten zu holen. Wahrscheinlich willst du während des Balls auch noch recherchieren.«

»Wir sind knapp besetzt in der Redaktion, und ausgerechnet jetzt ist die Hölle los.«

»Und ich bin krank, sitze zu Hause, meine Eltern sind da, du drückst dich davor, etwas mit ihnen zu machen ...«

»Also gut, ich hole die Karten in Bad Abbach selbst.«

»Aber darum geht es doch gar nicht.«

»Lisa, bin ich wirklich so ein mieser Typ, der dich alleinlässt, wenn du ihn brauchst?«

»Im Moment schon.«

»Soll ich die Arbeit stehen und liegen lassen und heimkommen?«

Sie sagte nichts.

»Vielleicht wäre ich besser der Sportreporter geblieben, der ohne jeden Ehrgeiz über die unteren Fußballklassen schreibt.«

»Jetzt wirst du albern«, antwortete sie und legte auf.

Landinger gab sich behäbig und hatte es überhaupt nicht eilig. Er saß in seiner Küche, trank Kaffee, aß Schmalznudeln, die seine Frau auftischte und sah den Gast amüsiert an.

»Ich bin für die Umgehungsstraße«, sagte er. »Die meisten anderen hier auch. Also wollten wir eine Bürgerinitiative gründen. Oder hast was dagegen?«

Landingers Frau brachte schweigend eine Tasse und einen Teller, stellte beides vor dem Gast ab. Ihr Mann warf ihr einen missbilligenden Blick zu, aber die Landingerin nickte bloß.

»Nimm dir was, Reitinger. Und einen schönen Gruß an die Mutter.«

Thomas war dankbar. Das Mittagessen war ausgefallen.

»Der Bürgermeister war gegen die neue Straße.« Thomas versuchte es mit dieser Steilvorlage.

»Auf einmal«, knurrte der Bauer. »Vorher war er auf unserer Seite.«

»Kein Grund, ihm eins auszuwischen?«

Landinger schüttelte den Kopf: »Gar nicht nötig! Wenn ich den ein paar Mal bearbeite und ihm drohe, dass ihn keiner mehr wählt, dann ist der wieder für die Straße.«

»Aber mit der Frau Hauner wäre das nicht so leicht gegangen.«

»Trotzdem habe ich sie nicht umgebracht.«

»Hast mal mit ihr geredet?« Eigentlich bin ich gar nicht per Du mit ihm, dachte Thomas. Aber er hat mich auch gleich geduzt, also warum nicht?

Landinger nickte als Antwort auf Thomas' Frage: »Aber mit der war nicht zu reden. Der waren irgendwelche Käfer wichtiger als die Leut, die hier wohnen.« Er grinste. »Trotzdem schad um sie. Ein fesches Weib.«

»Warum bist du so scharf drauf, dass die Trasse über deine Wiesen geht? Der Staat zahlt nicht so besonders gut.«

Landinger schwieg und biss in seine Schmalznudel.

Reitinger nahm seinen ganzen Mut zusammen. »Kann es sein, dass dir der Degenhardt dafür was versprochen hat – als er noch für die Trasse war?«

Schweigen.

Thomas setzte alles auf eine Vermutung. »Was hat er dir versprochen, wenn du die Wiesen billig hergibst?«

Schweigen.

»Da steht doch auch das Elternhaus von deiner Frau drauf.«

»Das hätten sie abgerissen.«

»Hat der Degenhardt gesagt, der Staat kauft's dir für viel Geld ab?«

Landinger lief dunkelrot an vor Wut. Reitinger wollte aber noch schnell seine Vermutung zu Ende erzählen.

»Dann hat der Bürgermeister gemerkt, dass er das politisch nicht durchsetzen kann. Da war er dann gegen die Umgehungsstraße. Weil er gedacht hat, wenn der Staat deine Wiesen für die Straße nicht braucht, dann gilt auch sein Versprechen, dass sie dir Geld für das alte Haus geben, nichts mehr.«

Schweigen. Der Bauer zwickte die Augen zusammen und fauchte: »Schau, dass du rauskommst, du windiger Zeitungsschmierer, du.«

Reitinger trank nicht mal mehr seinen Kaffee aus. Ins Schwarze getroffen, dachte er.

Aber das heißt noch lange nicht, dass der Landinger dem Degenhardt was angetan hat.

Thomas fuhr weiter nach Duggendorf. Er parkte gleich vorne an der Regensburger Straße und ging zu Fuß in die Friedhofstraße, auf den Kirchturm zu. Ein hübsches, kleines Haus, sehr gepflegt, ein Garten mit Obstbäumen und noch einem Rest an Wintergemüse in den Beeten.

Frau Gnadl empfing ihn mit Kaffee und Kuchen. Ein paar Fotoalben lagen noch auf dem Tisch.

»Das war mein Mann«, sagte sie und zeigte auf ein Bild, das einen stattlichen bärtigen Kerl im Trachtenjanker zeigte.

»Mein Vater hat ihn angeblich gut gekannt«, versuchte Thomas das Gespräch zu eröffnen, aber das war gar nicht nötig.

Hannelore Gnadl erzählte gern. Dass ihr Mann in der Gemeinde gearbeitet hatte, sich als eine Art Dorfchronist gesehen und sich für den Dialekt und für die Heimat eingesetzt hatte, für die Sanierung alter Gebäude und die Renovierung von Kirchen, nicht nur im eigenen Ort.

»War er auch gegen die Umgehungsstraße?«, fragte Thomas und Hannelore Gnadl sah ihn erstaunt an.

»Das hat ihn gar nicht so interessiert, denn er war im letzten Jahr seines Lebens so beschäftigt mit der Rettung von diesem Wirtshaus, da war kaum noch Zeit für was anderes.«

»Da war doch ein Immobilienmakler aus Nürnberg dran, als der Wirt aufhören wollte«, erinnerte Thomas.

Hannelore Gnadl nickte. »Ein ganz ein unsympathischer Kerl. Der kam immer vorbei und hat mit den Wirtsleuten verhandelt. Was sie genau mit dem Haus vorhaben, das hat er nicht gesagt. Da sind wir erst ganz spät draufgekommen.«

»Es sollte ein Seminarhaus werden, oder?«

Hannelore Gnadl nickte. »Ich hole mal die Unterlagen.«

Damit stand sie auf und verschwand. Minuten ließ sie Thomas allein, der gar nicht mehr wusste, ob sie ihn nicht schon inzwischen vergessen hatte. Gelangweilt sah er sich im Zimmer um. Eine Art Bauernstube, aber sehr geschmackvoll. Alte Sachen, wie man sie kaum noch sah, nichts Nachgemachtes, nichts Kitschiges. Der Tisch zeigte Blessuren von all den Jahren, in denen er in Gebrauch war, er wirkte fast lebendig dadurch. Der Bauernschrank, die Bemalung, die Krüge, der Herrgottswinkel, es passte alles zusammen. Bayerisch, aber nicht verlogen trachtlerisch.

»Ich hab's gleich«, rief Frau Gnadl aus dem oberen Stockwerk und kam dann mit einem Packen Papier in die Stube.

»Oben ist noch das Büro von meinem Mann«, erklärte sie. »Ich hab das alles so gelassen, als er ...« Sie vollendete den Satz nicht und legte den Packen auf dem Tisch ab.

»Ich hab mich nicht so sehr drum gekümmert, aber er hat oft gesagt, dass ihm die ganze Sache nicht geheuer ist.«

Bereitwillig breitete Hannelore Gnadl die Unterlagen auf dem Tisch aus. Es waren Prospekte, Zeitungsartikel, Notizen. Alle betrafen eine Organisation, die Seminare anbot.

»Our Way« hieß die Organisation, um die es ging. Achim Fehrendanz war offenbar ihr Chef. Er war in Hochglanz auf dem Cover eines Prospektes abgebildet, lächelnd, optimistisch, zuversichtlich, kraftvoll, selbstbewusst. »Ich weiß, wofür ich lebe. Wissen Sie es auch?«, stand darunter.

»Der wollte das Wirtshaus?«, fragte Thomas skeptisch.

Hannelore Gnadl nickte. »Und es zum Seminarhaus umbauen. Da wären jede Woche so zehn bis zwanzig Fremde gekommen, die hätte er ausgebildet. Die sollten da wohnen und essen und arbeiten, praktisch gar nicht rauskommen, das gehört bei denen zum System. Da hätte der Ort ja gar nichts davon gehabt.«

Thomas blätterte im Prospekt. Tatsächlich wurde das Erarbeiten neuer Lebensperspektiven in einer Gemeinschaft Gleichgesinnter als oberstes Ziel dieser Seminare angepriesen.

»Der Motivator«, war unter einem Foto von Achim Fehrendanz zu lesen, der gerade in Aktion zu sehen war. Leger gekleidet stand er in der Runde mit Teilnehmern seines Seminars, die Arme erhoben, fester Blick, er erklärte offenbar etwas.

»Ausstrahlung hat er ja schon«, musste Thomas zugeben.

»Mein Mann hat gemeint, der hätte mit diesem *Our Way* seine eigene Sekte gegründet. Und die wollte er jetzt irgendwo ansiedeln. Da sei ihm das Wirtshaus gerade recht gekommen.«

Thomas sah sich die Prospekte und Zeitungsartikel an. Die Teilnehmer sprachen sehr positiv. Er habe ihnen neuen Lebensmut gegeben, die Sicherheit, auf andere Menschen zuzugehen, das Gefühl, zu einer Gemeinschaft zu gehören, die Klarheit, sein Ziel zu suchen und auch anzusteuern.

Würde mir auch nicht schaden, dachte Thomas. Er sah sich eine Zeitschrift genauer an, ein Wellness-Magazin. Fehrendanz war mit einer schmalen, blonden Frau abgebildet.

»Das ist seine Freundin, hat mir mein Mann erzählt. Die war mal bei einem dieser Termine in Kallmünz dabei. Eine Dirschl aus Straubing.«

Die Frau schenkte Thomas Kaffee nach und deutete auf einen anderen Artikel.

»Das Seminarhaus im Harz, das gehört auch dem Fehrendanz. Da hat es genauso angefangen. Der Mann hat für einen Spottpreis ein altes Wirtshaus gekauft, zu einem Seminarhaus umgebaut und dann dort Leute ausgebildet, wozu auch immer, das weiß man eigentlich nicht so genau.«

Thomas überflog die Unterlagen. Die Gnadlin füllte unterdessen den Kuchenteller auf, kochte frischen Kaffee, brachte Mineralwasser. Gerade als sie sich einer angefangenen Stickarbeit zuwenden wollte, sah Thomas hoch.

»Ich weiß nicht, ob man das wirklich mit einer Sekte vergleichen kann. Aber dass der Mann den Leuten das Geld aus der Tasche zieht für ein paar windige Tipps, das kann ich mir schon vorstellen.«

»Meinem Mann ging es vor allem darum, dass das Wirtshaus auch ein Wirtshaus bleibt. Unsere Dörfer verlieren alle ihre Mitte, hat er gesagt. Die Kirchen haben keine Pfarrer mehr, und das Wirtshaus daneben gibt auch auf.«

Thomas nickte. So ähnlich würde es in Helmering auch kommen. Es gab keinen Pfarrer mehr – und auch bald keinen Wirt.

»Wenn's um den Umbau vom Wirtshaus geht, da hat doch der Gemeinderat auch ein Wörtchen mitzureden.«

Frau Gnadl nickte: »Deshalb hat mein Mann von den Artikeln Kopien gemacht und sie allen wichtigen Leuten geschickt. Auch der Zeitung. Aber die hat nichts gemacht.« Vorwurfsvoller Blick.

Wahrscheinlich haben alle in der Redaktion gemeint, da draußen auf dem Land sitzt ein Querulant, der sich wichtigmacht, dachte Thomas.

»Einige im Gemeinderat waren dann schon skeptischer und haben beim Immobilienmakler genauer nachgefragt und auch über Fehrendanz Erkundigungen eingeholt«, erzählte Frau Gnadl weiter. »Dem Wirt hat mein Mann die Artikel auch gegeben, aber der hat gesagt, er ist alt, deswegen sucht er einen Käufer, wer auch immer das ist.«

»Aber er hat doch nicht verkauft, das Wirtshaus gibt es noch!«

»Der Bub hat es dann doch übernommen.« Hannelore Gnadl nickte. »Schade, dass mein Mann das nicht mehr erlebt hat.«

Thomas räusperte sich. »Der Unfall ... Was ist da eigentlich passiert?«

»Er ist auf die Burg von Kallmünz gestiegen, da war er sehr gerne und oft. Da ist er offenbar ausgerutscht und ein Stück abgestürzt.«

Tränen traten der Frau in die Augen.

»Ich hab mir doch auch erst am Abend Sorgen gemacht, weil er nicht heimgekommen ist. Da hab ich mit dem Nachbarn gesucht. Er ist da gelegen und war bewusstlos. Hat viel geblutet. Er ist dann noch ins Krankenhaus gekommen. Aber weil er ein schwaches Herz hatte, hat er das dann nicht mehr überlebt.«

»War Ihr Mann schlecht zu Fuß?«

»Gar nicht, er war ein begeisterter Bergwanderer. Ich konnt's auch erst nicht glauben, dass er ausgerutscht sein soll.«

Thomas war wie elektrisiert. Die Geschichte erinnerte immer mehr an die von Degenhardt. »Könnte es sein, dass ihn jemand gestoßen hat?«

»Wie ich das gesagt habe, da haben mich alle für verrückt erklärt. Und dann hab ich's nicht mehr gesagt.«

»Darf ich die Unterlagen mitnehmen?«

»Aber nur, wenn Sie die wiederbringen.«

Thomas packte alles auf den Rücksitz seines Autos. Sollte er gleich nach Kallmünz und auf die Burg? Es war schon später Nachmittag, es würde bald dunkel. Sein neues Handy fiel ihm aus der Tasche. Es zeigte einen Anruf in Abwesenheit an. Das kam von dieser Silent-Funktion. Es läutete nicht, und neuerdings brummte es auch nicht mehr, wenn man sich blöd anstellte. Er sollte sich endlich mal die Gebrauchsanweisung vornehmen. Thomas hörte seine Mailbox ab.

»Ich bin's, Jana.« Sie klang genervt. »Ich wollte etwas über diese Umgehungsstraße wissen. Wäre nett, wenn du mir auch mal ein paar Infos geben würdest und dich nicht nur meldest, wenn du etwas brauchst.«

Er fuhr erst nach Bad Abbach und holte die Karten für den Silvesterball. Dann versuchte er, Jana Meyerbeer zu erreichen. Doch sie ging nicht ans Telefon.

Er rief Lisa an. »Ich habe die Karten!«

»Kommst du jetzt heim?«

»Ich muss noch in die Redaktion und ...«

Lisa hatte ihn bereits weggedrückt.

6. Kapitel

Nachdem Lisa das Telefonat vorzeitig beendet hatte, rief Thomas in der Redaktion an, bat Andrea Kriegler, gemeinsam mit Aschenbrenner die Zeitung fertig zu machen. Er habe zwar den ganzen Tag recherchiert, aber nichts Besonderes herausgefunden. Deshalb sei es auch sinnlos, jetzt noch in die Redaktion zu kommen und einen Zweispalter zu schreiben über den Mord an der Politikerin. Das wären sowieso nur Spekulationen darüber, ob es einen Zusammenhang zu dem »Fall Degenhardt« oder zum Bau einer Umgehungsstraße gäbe.

Zu seinen Recherchen in Duggendorf konnte er ohnehin nichts schreiben, er wusste zu wenig darüber. Erst musste er die Unterlagen Gnadls lesen. Er rief noch einmal Jana Meyerbeer an, erreichte sie dieses Mal und gab ihr die gewünschten Informationen zur Umgehungsstraße.

»Das hilft uns aber auch nicht viel weiter«, sagte sie enttäuscht, und Thomas fragte sich, warum sie dann solch einen Aufstand gemacht hatte.

Thomas konnte an Lisas Mimik erkennen, dass die Diskussion noch nicht beendet war, aber vor den Eltern hielt sie sich bedeckt, lächelte gelegentlich, tat so, als wäre nichts. Er hoffte selbst, dass sich ihre Stimmung noch etwas aufhellte, doch der Schwiegervater tat alles, um sie ihr im Gegenteil noch mehr zu vermiesen. Er erzählte, wie er seinen Autohandel in Passau aufgebaut hatte, wie stolz er auf seinen Sohn Herbert sei, der das Geschäft ohne irgendeine Diskussion gemeinsam mit dem Vater weiterführte und es in absehbarer Zeit ganz übernehmen würde. Sie hatten kein Problem mit der Krise, bei ihnen kauften die Leute gerne Autos, ein solides, zuverlässiges Unternehmen, auf einem großen Kundenstamm und einer verlässlichen Werkstatt aufgebaut ...

Raimund Haberlands Monolog wurde nur gelegentlich unterbrochen von Lisas Fragen der Art »Wollt ihr noch was trinken?« oder »Ich hab noch Plätzchen.« Oder von den Anmerkungen

Annegrets, die sich gerne darüber ausließ, dass in Passau die Auswahl an interessanten und niveauvollen Leuten doch arg begrenzt sei.

»Die wäre in Regensburg auch nicht größer, und bei uns ist es schöner«, beendete Raimund die Klagen seiner Frau.

»Aber kulturell ist auch nicht viel los - wenn wir wenigstens manchmal nach München fahren würden ...«

»Ich brauche nicht mehr Kultur. Fahr doch mit einer deiner Freundinnen ...«

Thomas beteiligte sich kaum an der Unterhaltung, Lisa sprach auch nur wenig. Er wich ihren ernsten Blicken aus, er hoffte immer mehr, sie könnte nach diesem Abend zu müde sein zum Streiten. Blass war sie auch, offenbar war die Magendarmerkrankung immer noch nicht vorbei.

Als Raimund Haberland dann wieder einmal fragte, wann Lisa und Thomas denn ihr Personal Training beginnen würden, versuchte Lisa, ihren Vater auszubremsen.

»Danke für das Geschenk, aber überlass es bitte uns, wann wir den Gutschein einlösen.«

»Wir haben es doch nur gut gemeint«, antwortete der verwunderte Vater, und die Mutter meinte, sie habe ihnen ja viel lieber was anderes schenken wollen, ein neues Geschirr zum Beispiel.

»Ich brauche kein Geschirr«, sagte Lisa genervt und stand auf. »Gute Nacht.«

Thomas überlegte kurz, ob er noch bei den Schwiegereltern sitzen bleiben sollte. Lieber alte Geschichten hören, als mit Lisa streiten, dachte er. Aber dann wollte er nicht kneifen, erklärte diesen wunderbaren Abend für beendet, räumte den Tisch ab und folgte seiner Frau in die kleine Kammer.

Sie führten ihre Auseinandersetzung leise. Lisa fühlte sich von ihm im Stich gelassen. Sie sei aber zu schwach und krank, um sich gegen ihre Eltern zur Wehr zu setzen. Er hingegen treibe sich herum, sie wisse nicht wo. Thomas fand ihre Vorwürfe ungerecht, schließlich sollte er doch seinen Beruf ernster nehmen, das tat er jetzt, und so sah das dann eben aus.

»Wir wollten die Zeit zwischen Weihnachten und Dreikönig gemeinsam verbringen«, sagte sie.

»Aber dir war klar, dass ich keinen Urlaub habe!«

»Du hast sonst nie so viel gearbeitet wie seit Weihnachten.«

»Ich hab den Mord nicht bestellt.«

Bis zwei Uhr hatte sich ihre Diskussion hingezogen, es gab Tränen und Vorwürfe, aber auch Trost und einen Ansatz von Versöhnung. Thomas konnte dann nicht schlafen, auch Lisa wälzte sich unruhig. Die Kammer war zu klein für eine solche Auseinandersetzung, beide konnten die dicke Luft förmlich spüren.

Um fünf Uhr stand Thomas auf und kochte sich Kaffee. Er stand am Fenster, es war dunkel, doch im Schein der wenigen Lampen konnte er sehen, dass es schneite. Der Winter war nun noch gekommen, mit etwas Verzögerung, aber dafür umso deutlicher. Auf den Dächern der Altstadt lagen schon weiße Decken, es war kein schnell schmelzender Schnee, der dann in Matsch und Dreckwasser überging, sondern dicke, dichte Flocken, die vom Himmel tanzten, sich setzten und zu einer hübschen Haube verbanden. Die Nacht schien heller. Der Schnee reflektierte das wenige Licht, die Donau glitzerte, die Welt war weiß und sehr ruhig.

Thomas ging hinunter und holte die Silvester-/Neujahrsausgabe seiner Zeitung. Er hätte damit noch warten sollen, den Tagesbeginn genießen, über sich, seine Frau, sein Leben nachdenken. Alles wäre sinnvoller gewesen als diese Zeitung aufzuschlagen, die die Kollegen gestern ohne ihn fertiggestellt hatten.

Ein Bild von Jeannette. Unterschrift: »Vor ihr zittern die Honoratioren.« Von ihrer Rolle als Psychologin war nicht mehr die Rede, die Frau wirkte eher wie eine Bedrohung der Großkopferten. Thomas war nicht in der Redaktion gewesen, da hatte Aschenbrenner zugeschlagen und seinen Artikel überarbeitet und gut platziert. Vom Regensburger Sumpf war die Rede, von der Frau, die sie alle gehabt hatte, alle, die Rang und Namen hatten. Bis hinauf in die bayerische Regierungsspitze. »Ich kenne keine Kunden, ich kenne nur Freunde«, zitierte Aschenbrenner diese Frau. »Ich weiß um ihre Vorlieben und um ihre Interessen.

Ich biete ihnen etwas, was sie zu Hause nicht haben.« Aschenbrenner wagte noch einen Ausflug in die Servicewüste Deutschland, wo so viel Entgegenkommen doch besonderes Lob verdient hätte. Und dann erwähnte er es doch: das Buch, in dem Jeannette die Namen ihrer *Freunde* verzeichnet und zudem einige Angaben zu ihren *Interessen* gemacht hatte.

»Der ist doch wahnsinnig«, knurrte Thomas.

Er stellte die Tasse weg. Der Kaffee schmeckte ihm nicht mehr. Er las die mehr oder weniger dezenten Hinweise Aschenbrenners, dass man diese *Freunde* alle nennen könnte, aber das natürlich niemals tun würde. Indirekte Erpressung, dachte Thomas. Er hofft, dass sie ihm jetzt alle zu Informationen verhelfen. Damit er sie wirklich nicht nennt.

Ein kleiner Zweispalter noch vom Chef zum Tod der Politikerin. Die Polizei forsche jetzt in Bad Abbach und suche vor allem Zeugen, die Marita Hauner im Park gesehen haben könnten.

Eigentlich war redaktionsfrei, aber Thomas wollte sich auch in Bad Abbach umhören. Vorher kurz ins Büro gehen, die Post ansehen, vielleicht ein paar Telefonate führen. Zumal er morgen, an Neujahr, auch freihatte und das Zeitungmachen wieder den anderen überlassen musste – Aschenbrenner zum Beispiel.

Lisa kam herein, sie wechselten einen Blick, blieben aber beide stumm. Thomas lächelte zaghaft, Lisa lächelte zurück.

»Schlecht geschlafen?«

Sie nickte.

»Ich auch«, sagte Thomas.

Lisa sah auf das Blatt. »Haben die Kollegen die Zeitung auch ohne dich fertigbekommen?«

»Und wie.«

Lisa nahm Thomas' Tasse, nippte daran, lehnte sich an ihn und sah den Artikel.

»Geschmacklos.«

»Allerdings.«

»Kriegst du deswegen Probleme?«

»Vielleicht.«

Sie schwiegen beide einen Moment.

»Ich würde einfach gerne mehr Zeit mit dir verbringen«, sagte Lisa leise.

»Ich finde mich auch blöd, wenn ich ständig sage, ich komme gleich heim, und dann dauert's doch noch Stunden. Und du allein mit deinen Eltern ...«

»Wenn sie das nächste Mal kommen, sollen sie im Hotel übernachten.«

»Bald fahren sie wieder«, tröstete Thomas.

»Dann haben wir es gemütlicher«, hoffte Lisa.

Thomas' schlechtes Gewissen meldete sich wieder. Heute und morgen hatte er zwar frei, aber eigentlich hatte er auch den Neujahrstag für Recherchen eingeplant. Er wusste nur noch nicht, wie er es Lisa sagen sollte.

»Willst dich noch mal hinlegen?«, fragte er besorgt, als er sah, wie erschöpft sie aussah.

»Nur, wenn du mitkommst.«

Thomas sah zur Uhr. Halb sechs. Eigentlich wollte er sich die Unterlagen von Frau Gnadl in Ruhe durchsehen. Aber das hatte doch auch noch Zeit. Lisa bemerkte seinen Blick zu dem Packen Papier, der auf dem Sofa lag.

»Was ist das?«

»Das sind Unterlagen zu diesem Wirtshaus in Kallmünz.«

»Das der Immobilienmakler aus Nürnberg so gerne gekauft hätte?« Lisa wurde neugierig. »Steht auch drin für wen?«

»Ich habe die Sachen nur kurz überflogen, aber es steht einiges drin über den Mann, der dort ein Seminarhaus einrichten wollte.«

»Der Unfall von diesem Bekannten deines Vaters hat mit der Sache aber nichts zu tun, oder?«, fragte Lisa. »Der Deal ist ja geplatzt, weil der Sohn des Wirtes die Gaststätte dann doch übernommen hat.«

Thomas nickte: »Trotzdem werde ich das Gefühl nicht los, da stimmt was nicht.«

»Ich wusste gar nicht, dass du auf deine Intuition hörst.«

Thomas lächelte seine Frau an. »Vielleicht sollte ich das öfter tun.«

Gemeinsam machten sie es sich auf der Couch bequem und teilten sich die Unterlagen auf. Eine Weile lasen sie still, dann sahen sie sich an.

»Erst du.«

»Nein, erst du.«

Lisa fing an. »Dieser Achim Fehrendanz hat eine Firma gegründet. Nennt sich *Our Way*. Bietet Coaching-Seminare an. Für Führungskräfte, aber auch für ganz normale Leute. Fängt mit einem Rhetorikkurs an. Geht dann weiter mit einem Kurs über das Auftreten und die Körpersprache. Dann Selbstbewusstsein und Selbstbehauptung. Immer so eine Mischung von Sport, Meditation, Gespräch und Seminar. Geht irgendwann immer mehr in die Psychoecke. Die Kurse sind schweineteuer, bauen angeblich aufeinander auf, und irgendwann ist es schwer, aus dieser Nummer herauszukommen. Er scheint Leute, die nicht mehr wollen, irgendwie unter Druck zu setzen oder von anderen Teilnehmern unter Druck setzen zu lassen. Steht zumindest in einigen Zeitungsartikeln.«

»Ich habe mir seine Prospekte angesehen«, ergänzte Thomas. »Große Worte, aber ob was dahinter steckt, kann man nicht gleich sagen. Die Kurse sind tatsächlich teuer. Auch, weil die Leute alle in einem Haus wohnen, dort essen. Die kommen praktisch während der Kurse nur mit ihresgleichen in Kontakt.«

»Das stärkt das Zusammengehörigkeitsgefühl.«

»Da hat man den Eindruck, dass man zu einer erlesenen Gruppe gehört, zu den Auserwählten.«

»Aber es ist nicht so leicht, aus so einer Gemeinschaft wieder herauszukommen«, überlegte Lisa.

»Man müsste einen Aussteiger suchen und finden und fragen.«

»Du könntest dich doch für einen Kurs anmelden«, schlug Lisa vor.

»Gestern hieß es noch: Erst die Beziehung, dann der Job«, ereiferte er sich.

»Aber wenn es eine heiße Story ist ...«

Erst jetzt bemerkte er das Blitzen in ihren Augen. »Reingefallen?«, fragte er leise.

Lisa nickte: »Vielleicht liegt dir mein Humor nicht.«

»Wenn es um mich selber geht, versteh ich keinen Spaß.«

Sie lachten und lasen dann weiter.

»Das Seminarhaus im Harz führt jetzt seine Tochter mit ihrem Mann, das in Wuppertal er selbst mit seiner Lebensgefährtin.«

»Hier steht, dass er das Seminarhaus in Bayern gemeinsam mit einem Walter Dirschl führen möchte. Der soll für die Organisation zuständig sein und Fehrendanz für die Seminarinhalte.«

»Dirschl, Dirschl«, überlegte Thomas. »Den Namen hat Frau Gnadl auch genannt ... Die Lebensgefährtin heißt so.«

»Das wird ja noch ein richtiger Familienbetrieb.«

Thomas blätterte weiter. »Ob Fehrendanz und Dirschl auch in Helmering hinter dem Wirtshauskauf stecken?«

»Frag doch den Hitzlkofer«, schlug Lisa vor.

»Der sagt nur immer: Ich sag nix.«

Lisa schmunzelte: »Deine Freunde vom Land.«

Thomas stand auf: »Ich mach dir jetzt Tee.«

Andrea Kriegler war die erste, die Thomas in der Redaktion sah.

»Was machst du denn hier?«, fragte er verblüfft.

»Dir auch einen guten Morgen.«

»Heute ist doch redaktionsfrei.«

»Ich wollte eigentlich in Ruhe recherchieren«, meinte Andrea, »aber leider ist es ja nicht ruhig.«

Da hörte auch Thomas die lauten Stimmen. »Der Chef ist da?«

Andrea nickte: »Und Aschenbrenner.«

Thomas verstand: »Er hat ihn herzitiert?«

Andrea sah auf die Zeitung mit der Schlagzeile: »Vor ihr zittern die Honoratioren.«

»Tut mir leid, Thomas. Ich habe es wirklich nicht verhindern können.«

Thomas nickte: »Ich hole mir auch gleich meinen Rüffel ab.«

Auf dem Flur kam ihm Aschenbrenner entgegen. Er wich Thomas' Blick aus, aber er sah sehr ernst aus. Thomas hätte gerne etwas gesagt, aber ihm fiel nichts ein.

»Ich weiß, dass Herr Aschenbrenner die Geschichte an Ihnen vorbei ins Blatt lanciert hat, aber dennoch ...«

»Natürlich übernehme ich die Verantwortung.«

»Mir reicht es vollkommen, wenn Sie den Kollegen einbremsen.«

»Als wir zum ersten Mal über diese Jeannette-Geschichte gesprochen haben, war ich der Einzige, der strikt dagegen war.«

»Ein bisschen was kann man zum Wegzug dieser Dame ja auch schreiben, schließlich ist sie eine Regensburger Institution, aber doch nicht so!«

Aha, dachte Thomas. Eigentlich gefällt ihm diese Art von Story, aber jetzt war es doch den Tick zu viel.

»Schon beim Frühstück haben mich zwei Stadträte angerufen und sich beschwert, und seit ich hier bin ...«

Wie auf Kommando klingelte das Telefon. Der Chef warf Thomas einen dieser Da-sehen-Sie-es-selbst-Blicke zu und ging dann ran.

Ein Kunde von Jeannette, dachte Thomas und korrigierte sich selbst in Gedanken: ein *Freund*.

Er hörte die Entschuldigungen seines Vorgesetzten, der sich nicht scheute, in seiner Anwesenheit von Mitarbeitern zu sprechen, die eine gute nicht von einer schlechten Geschichte unterscheiden könnten und außerdem die ganze Sache nicht im Griff hätten.

»Behalten Sie Aschenbrenner im Auge und sehen Sie zu, dass Sie etwas in der Mordsache herausfinden, dann sind wir auf so schäbige und schmutzige Artikel auch nicht angewiesen.«

Thomas ging, wohl wissend, dass er noch gut weggekommen war. Ursprünglich, so vermutete er, hatte dem Chef die Geschichte von Aschenbrenner gefallen, aber weil sich jetzt so viele beschwerten, wollte er doch lieber dagegen sein. Thomas schloss daraus, dass der Chef nicht zu den Freunden Jeannettes gehörte, aber sehr wohl einige davon kannte und ihnen den Schreck gönnte, dass man über diese spezielle Freundschaft mehr erfahren könnte. Denn wenn der Chef selbst in diesem interessanten Büchlein der Dame stünde, bliebe er wohl kaum so ruhig.

Aschenbrenner stand in einem Winkel des Flurs und telefonierte mit seinem Handy, als Thomas um die Ecke bog. Offenbar wollte er bei seinem Gespräch nicht belauscht werden, denn im Zimmer hätte Andrea Kriegler Gelegenheit gehabt zuzuhören. Thomas blieb stehen und sah Aschenbrenner fest an.

»Ich melde mich später noch mal«, sagte der und drückte den Anruf weg.

»Noch nichts von Privatsphäre gehört?«, fauchte er dann Thomas an.

»Wenn hier jemand grantig wird, dann ich«, gab der zurück. »Und wenn du mir noch einmal so ein faules Ei legst ...«

»Was dann?«, fragte Aschenbrenner provozierend.

Wenn ich das nur wüsste, dachte Thomas.

»Außerdem: Dem Chef hat's gefallen, auch wenn er's offiziell nicht zugeben kann.«

»Da bin ich ganz anderer Meinung«, log Thomas, der eigentlich dasselbe dachte.

Thomas sah durch, was sie für die Zeitung vorbereitet hatten, die am Tag nach Neujahr erscheinen würde. Eine Geschichte der Praktikantin über einen 90. Geburtstag, dann der übliche Beitrag: Wohin mit meinem Weihnachtsbaum? Auf dem Zettel stand: Große Fotos vom Feuerwerk, Polizeibericht, Silvesterpartys, Neujahrsbaby. Eigentlich müsste es reichen. Er würde erst wieder am 3. Januar hier auftauchen und über Marita Hauner, Kallmünz, Degenhardt oder was auch immer schreiben. Dann aber wollte er mehr für seinen Artikel haben als nur Spekulationen.

»Es ist Zufall, dass Sie mich heute erwischen«, sagte Helga Rosenberger. »Ich bin nur deshalb hier, um längst fälligen Papierkram zu erledigen.«

Thomas hatte auf gut Glück in der Praxis der Physiotherapeutin angerufen, bei das Mordopfer gearbeitet hatte, und bat sie um ein Gespräch über Marita Hauner.

»Ich wüsste nicht, warum ich Ihnen etwas erzählen sollte.« Sie klang reserviert.

»Warum beklagen sich immer alle, dass in der Zeitung so viel Unsinn steht, und tragen nicht durch Informationen zu einer soliden Berichterstattung bei?«

Einen Moment schwieg sie, dann aber zeigte sich, dass er die richtige Karte gezogen hatte: »In einer halben Stunde bin ich fertig. Treffen wir uns doch im Café gegenüber meiner Praxis.«

Ein dünner Hauch von Schnee bedeckte inzwischen die Bäume und Sträucher im Kurpark, auf den Wegen aber war das bisschen Weiß schon weggeschmolzen. Thomas ging zur Trinkhalle. Niemand weit und breit. Die Steinmauer. Das Becken. Es roch wieder ein bisschen faulig. Hinter dieser Mauer war Marita Hauner gefunden worden. Erwürgt.

Mit seiner kleinen Digitalkamera machte er Fotos. Beim Schreiben war es besser, wenn er ein Bild vom Fundort des Opfers vor Augen hatte.

Er sah sich um. Aus welcher Richtung war sie gekommen? Allein? Hatte sie sich hier mit ihrem Mörder getroffen? War sie mit ihm verabredet? Waren sie sich zufällig über den Weg gelaufen? Kannte sie ihn? Hatte es Streit gegeben? Worüber? Oder war es irgendein Psychopath, der sich gerade in dieser Gegend herumgetrieben hatte?

Auf dem Weg zurück zum Auto überlegte er, ob Marita Hauner wohl selbst mit dem Auto gekommen war und ob sie es auch auf diesem Parkplatz abgestellt hatte. Nicht einmal das wusste er.

Warum fielen ihm diese Fragen nie ein, wenn er Jana Meyerbeer gegenüberstand und sie ihm vielleicht eine Antwort geben könnte?

»Was auch immer Marita am Sonntagabend in Bad Abbach gemacht hat – es war nichts Dienstliches«, sagte Helga Rosenberger, als Thomas sie danach fragte. »Die Praxis war natürlich zu, außerdem hatte sie ohnehin für die Zeit zwischen Weihnachten und Dreikönig freigenommen.«

»Hatte sie denn einen Schlüssel, hätte sie die Praxis betreten können?«

Sie nickte: »Aber als ich am Montag mit der Arbeit wieder angefangen habe, ist mir nicht aufgefallen, dass sie hier gewesen wäre.«

»Hatte sie etwas vor, wollte sie ein paar Tage verreisen?«

Frau Rosenberger schüttelte den Kopf. »Maritas Mann reist nicht gern.«

Thomas grinste. Wie bei ihnen. Lisa wollte immer weg, er nicht. »Ein Stubenhocker also.«

»Ein introvertierter Mensch.«

»Fand er es denn gut, dass seine Frau so vieles machte?«

Helga Rosenberger rührte in ihrem Milchkaffee und sagte nichts.

Thomas bohrte nach. »Was sagte er denn zu den politischen Aktivitäten seiner Frau? Sie war ja immerhin sehr viel unterwegs, hat sich für Menschen eingesetzt ...«

»Das hat ihm gut gefallen.«

»Aber ...?«

Helga Rosenberger standen Tränen in den Augen. »Sie war eine so tolle Kollegin und Freundin. Sie war für alles zu haben, was Spaß machte. Ihre Lebenslust und Energie hätte für fünf Leute ausgereicht. Sie liebte ihre Arbeit, hatte trotzdem noch Zeit für ihre Freunde, für die Politik, für ihre sozialen Initiativen ...«

»Dachte Herr Hauner denn, seine Frau arbeite zu viel?«

»Er machte sich eher Sorgen um sie. Dass sie sich übernehme, dass sie sich zu viel zumute und dass sie sich Feinde machen könne – und er hatte ja auch Recht! Obwohl sie für alle nur das Beste wollte, musste sie sterben ...« Frau Rosenberger war offenbar froh, sich einmal aussprechen zu können.

»Sie denken, es gibt politische Hintergründe für diese Tat?«

»Tippen Sie etwa auf irgendeinen Frauenmörder?« Es klang ironisch.

»Es könnte private Probleme gegeben haben.«

Jetzt kehrte das Misstrauen in ihre Augen zurück. »Sie horchen mich aus.«

»Frau Rosenberger, das ist ein Hintergrundgespräch. Es geht nur um Zusammenhänge, ich will wissen, was für ein Mensch Frau Hauner war. Ihren Namen erwähne ich mit keinem Wort.«

Sie fasste wieder Vertrauen und erzählte weiter. »Maritas Mann ist so ein Typ, wie Frauen ihn sich wünschen. Er ist klug und einfühlsam, freundlich, zuverlässig, häuslich, familiär. Er hilft gerne im Haushalt, er hat sich sehr viel um die Kinder gekümmert. Er war immer für Marita da, hat ihr bei ihrer politischen Arbeit den Rücken freigehalten ... Einmal hat er zu mir gesagt: Ich bin der größte Fan meiner Frau.«

»Ist das nun wirklich ein Traummann, oder ist das ein Langweiler?«

Helga Rosenberger lächelte: »Beides.«

»Muss ich das kapieren?«

»Was Maritas Lebenslust anging, da konnte er eben nicht mithalten. Er hat gerne gelesen, wollte mit ihr über Bücher sprechen, Musik hören, vielleicht auch mal eine Wanderung machen. Aber tanzen, feiern, Neues ausprobieren, das ist nicht so ganz seine Welt.«

»Hat er sie eingeengt?«

»Dazu ist er zu fair – und sie hätte es sich auch nie gefallen lassen.« Helga Rosenberger sah Thomas prüfend an. »Haben Sie mit ihm noch gar nicht gesprochen?«

Thomas schüttelte den Kopf. »Nur mit der Tochter, ganz kurz.«

»Sehen Sie, das ist typisch. Den kriegen Sie auch nicht zu Gesicht.« Leise fuhr sie fort. »Ich habe mit ihm geredet. Er ist ein gebrochener Mann. Ich weiß nicht, ob er noch einmal Freude am Leben haben kann.«

»Können Sie mir die Namen von ein paar Freunden oder Freundinnen geben?«

»Vielleicht Helene. Die kennt Marita besser als ich, die sind schon seit der Schulzeit befreundet.«

Helene Wieland redete viel am Telefon, sagte aber nicht wirklich etwas. Sie und Marita Hauner hätten sich die letzten Monate kaum gesehen, gestand sie nach vielen inhaltsleeren Sätzen ein.

»Zur Gymnastik ist sie nicht mehr gekommen, für Tennis hatte sie keine Zeit mehr und für einen Kaffeeklatsch schon gar nicht. Dann habe ich gehört, dass sie im Gemeinderat und im Kreistag auch nicht mehr so engagiert gewesen sei, und um ihre sozialen Projekte, da hat sie sich angeblich auch nicht mehr so gekümmert ... Da habe ich mir gedacht: Was ist nur mit der Marita los? Wird sie alt, ist sie müde oder gibt's da irgendwas, was ich nicht weiß?«

»Haben Sie Frau Hauner das gefragt?«

Sie lachte laut: »Aber sicher! Und daran, dass sie mir keine Antwort gegeben hat, können Sie erkennen, dass es mit unserer Freundschaft in letzter Zeit nicht so weit her war.«

»Ich würde mich trotzdem gerne mit Ihnen treffen.«

Thomas blieb hartnäckig, denn wer so gerne und viel redete, der sagte zwischendurch mal was Wichtiges.

Wieder lachte sie. »Sie sind ja ein ganz aufdringlicher Mensch.« Es schien ihr aber zu gefallen. »Wie sehen Sie denn aus?«

Thomas versuchte, selbstbewusst zu klingen: »Groß, schlank, männlich, markant, Mitte dreißig ...«

»Sind Sie der, der mit dieser Jeannette befreundet ist?«

»Das habe ich nicht nötig.«

Wieder lachte sie.

»Spielen Sie Tennis?«

»Aber sicher«, sagte er und überlegte, wann er denn zuletzt gespielt hatte. Das war ewig her.

»Dann treffen wir uns am 2. Januar um 10 Uhr zu einem Match. Und ich buche den Platz.«

Gar nichts gaben diese beiden Gespräche her, das musste er sich auf dem Weg zurück nach Regensburg eingestehen. Er fuhr immer langsamer, weil er einfach nicht wusste, was er aus der Geschichte machen sollte. Die Lichthupe hinter ihm ermahnte ihn, dass er die anderen Autofahrer behinderte.

Er erinnerte sich noch einmal an den Morgen mit Lisa. Sie hatte ihn ermuntert, beim Hitzlkofer nachzubohren. War Fehrendanz der Mann, der das Wirtshaus in Helmering kaufen wollte? Dieser halbseidene Motivator mit seinen Sprüchen von Erfolg und Lebenssinn?

Er fuhr an die Donau, stellte seinen Wagen ab, suchte sich eine ruhige Parkbank und rief Hitzlkofer noch einmal an.

»Rudi, es ist wegen deinem Wirtshaus.«

»Ich sag nix.«

»Das hast du gestern schon erzählt. Aber jetzt ist alles ganz anders.«

Ein Testballon. Was würde der Wirt sagen? Er sagte nichts.

»Ich weiß, dass ein Herr Fehrendanz das Haus kaufen will.«

Thomas hörte, wie der Wirt die Luft einzog und anhielt. Wie gut, dass er sich so ein ruhiges Plätzchen an der Donau gesucht hatte, da bekam er sogar die Reaktion seines Gesprächspartners am Telefon mit.

»Kennst du das Wirtshaus in Kallmünz? Das wollte er auch, das war so vor einem guten Jahr.«

Schweigen.

»Sagst immer noch nix, Rudi?«

Schweigen.

»Kennst du den Mann? Ist er dir sympathisch?«

Thomas musste das Schweigen seines Gegenübers aushalten. Aber er hatte das Gefühl, da käme noch was.

»Komm vorbei. In einer Stunde.«

Na also. Das war doch was.

Thomas wollte gerade zurück zu seinem Auto, als sein Handy klingelte. Ein kurzer Blick auf das Display – seine Mutter.

»Ich muss dich dringend sprechen, Bub.«

»Aber ich bin beim Arbeiten.«

»Es hat mit deiner Arbeit zu tun.«

»Dann komme ich später vorbei. Ich muss erst nach Helmering.«

»Nimm mich mit! Dann können wir unterwegs reden und ich komm endlich mal wieder raus aufs Land.«

Es ist der Tag der gesprächigen Frauen, dachte Thomas in Gedanken an Helene Wieland, als seine Mutter einstieg und sofort mit ihrem Problem loslegte.

»Am Morgen hat mich meine Nachbarin angesprochen. Eine nette Frau, noch sehr jung, so wie du etwa.«

»Ich bin nicht mehr jung.«

»Man ist so alt, wie man sich fühlt.«

Thomas verdrehte die Augen.

»Sie hat ein Problem, und das hängt mit dieser unappetitlichen Geschichte zusammen, die ihr in der Zeitung habt.«

»Die Sache mit Jeannette«, tippte Thomas.

»Ich versteh nicht, wie du zulassen kannst, dass so was Zweideutiges ins Blatt kommt.«

Thomas wollte der Mutter nicht erklären, dass sein Kollege an ihm vorbei die Sache lanciert hatte. Sicherlich würde sie sofort antworten, dass er lernen müsse, sich durchzusetzen.

»Was hat jetzt deine Nachbarin mit der Jeannette zu tun?«

»Sie nichts, aber ihr neuer Freund.«

»Oha, was hat sie sich denn da für einen angelacht?«

»Du siehst das falsch, das ist ein sehr, sehr netter Mann. Der trägt mir die Taschen ins Haus oder er bringt die Mülltonne zurück an ihren Platz und manchmal ...«

»Aber er kennt Jeannette.«

»Er hatte mal was mit ihr zu tun, ja. Das hat er ihr heute Morgen unter Tränen beim Frühstück gestanden.«

Thomas verstand nicht ganz, warum seine Mutter ihm das erzählte. »Soll ich mit ihm reden, von Mann zu Mann, oder was?«

»Du sollst gar nichts tun! *Das* will sie!«

»Aber ich tu doch gar nichts.«

»Sie sagt, sie hat große Angst, dass das in der Zeitung stehen könnte.«

»Dass ihr Freund was mit Jeannette hatte?«

»Es steht doch auch drin, dass die Jeannette ein Buch hat, wo sie ihre Termine und ihre Freunde alle eingetragen hat. Die Nachbarin denkt, dass ihr die Namen aller Kunden in die Zeitung schreibt.«

Thomas musste grinsen. Das wäre ja eine lustige Liste! Die Mutter war schon weiter.

»Sie sagt, er täte sich sowieso schon so schämen, und es ist auch nur passiert, weil er – der ist nämlich Heizungsmonteur – bei ihr was repariert hat, und da hat sie ihn verführt, er wollte ja gar nicht, aber damals hat er meine Nachbarin noch nicht gekannt und war sehr einsam.«

»Ja, Jeannette hat viele einsame Freunde.«

»Mach dich nicht über mich lustig!«

Sie hatte es gemerkt.

»Ich verspreche dir, dass wir den Namen vom Freund deiner Nachbarin nicht in der Zeitung bringen und dazu schreiben: Der hatte auch was mit Jeannette. Übrigens: Wie heißt er denn?«

»Das werde ich dir nicht sagen!«

Thomas lachte, und Therese merkte, dass er sie auf den Arm genommen hatte. »Jetzt werd nicht auch noch frech!«

»Wir werden überhaupt keine Namen veröffentlichen von Leuten, die Jeannette nahestanden.«

»Auch wenn es dieses Büchl gibt und die Jeannette es deinem Kollegen vielleicht überlässt, bevor sie sich nach Mallorca absetzt?«

»Auch dann nicht.«

»Aber vielleicht macht das dein Kollege, ohne dass er vorher mit dir darüber redet.«

»Das traut er sich nicht.«

»Aber der Artikel heute, da hat er sich auch getraut.«

Thomas bremste am Friedhof von Helmering. »Wenn du mit mir heimfahren willst, dann sei in einer Stunde im Wirtshaus.«

»Jetzt sei doch nicht gleich beleidigt!«

Therese Reitinger sah ihren Sohn kopfschüttelnd an und stieg dann aus.

Thomas rief ihr noch etwas nach: »Was ich vergessen habe: Grüße von der Landingerin!«

»Das ist aber nett! Grüße zurück!«

Zum Landinger werde ich so schnell nicht mehr kommen, dachte Thomas und fuhr dann weiter.

In der Wirtschaft saß Sepp Freisleder allein am Stammtisch. In einer Ecke zwei Fremde. Ein gepflegter, noch relativ junger Mann, gegeltes Haar, Maßanzug, handgefertigte Schuhe, Rolex-Uhr. Er trank ein Mineralwasser, er hatte eine Mappe mit Unterlagen auf dem Tisch liegen. Der andere Mann war etwas legerer gekleidet, aber er hatte die Bräune der Menschen, die fit und vital sind, die nicht hart arbeiten müssen und das auch noch als Erfolg verkaufen, weil sie genau das gefunden haben, was zu ihnen passt, weil sie Verantwortung übernehmen für sich, ihre Gesundheit, Geist, Körper, Seele. Er sah aus wie ein Gesundheitsapostel, ein Fitnesspapst, ein Mensch, dem sein Leben angeblich gelingt. Und jetzt, auf den zweiten Blick, nachdem seine Augen sich an das spärliche Licht im Wirtshaus gewöhnt hatten, erkannte Thomas ihn auch. Es musste Achim Fehrendanz sein. Etwas älter als auf dem Foto, das er in den Unterlagen von Hannelore Gnadl gesehen hatte, aber er war's.

Thomas nickte Sepp Freisleder zu, der ihn zunächst unsicher gemustert hatte, sich aber doch über den Gruß freute.

»Kriegt man hier nichts mehr zu trinken?«, fragte er Freisleder, der vor einem leeren Glas Bier saß.

»Sie ist einkaufen für die Feier heute Abend, und er sucht was.«

»Und was?«

»Meinst, das sagt er mir?«

Freisleder wies scheinbar unauffällig mit dem Kopf auf die beiden Männer im Eck, als wollte er sagen: Es hat was mit denen zu tun. Thomas kapierte nun auch, warum ihm Hitzlkofer gesagt hatte, er solle selbst kommen. Offenbar wollte er sein Schweigen nicht brechen, hatte aber nichts dagegen, dass sich Thomas die beiden Männer einmal selbst genauer ansah. Was er jetzt auch tat.

Fehrendanz spielte mit seinem Blackberry, der andere, vermutlich Morawitz, gab gerade über Handy Anweisungen. »Nein, das Objekt möchte ich mir selbst anschauen. Machen Sie bitte einen Termin – aber erst nach dem 6. Januar.«

Er beendete das Telefonat, das Handy klingelte erneut. »Morawitz?«

Thomas wartete, bis der Makler zu Ende telefoniert hatte, dann stand er auf und ging an den Tisch der beiden Herren. »Herr Fehrendanz? Herr Morawitz?«

Der Fitnesspapst musterte ihn aufmerksam, als wollte er sagen: Hast du schon den Sinn deines Lebens gefunden?

Bei mir zieht deine Masche nicht, dachte Thomas. »Darf ich mich setzen?«

Fehrendanz machte eine einladende Handbewegung.

»Bitte, Herr ...«

»Reitinger.«

»So, jetzt hab ich die Pläne gefunden.«

Hitzlkofer kam herein, überdimensionale Papiere in der Hand, und wirkte fast erleichtert, als er Thomas bei Fehrendanz sitzen sah.

»Servus, Thomas.«

»Servus, Rudi.«

Fehrendanz wandte sich freundlich an Hitzlkofer: »Ein Freund von Ihnen?«

»Der Thomas ist von der Presse«, platzte es aus Rudi heraus, als könnte ihm das Schutz verschaffen vor den beiden Fremden, die ihm wohl nicht mehr so ganz geheuer waren.

Morawitz runzelte die Stirn, aber Fehrendanz lächelte, ganz entspannt im Hier und Jetzt. »Wie schön. Dann können wir unsere Ideen ja öffentlich machen.«

Hitzlkofer sah Morawitz vorwurfsvoll an. »Wieso habe ich dann so lange nichts sagen dürfen?«

»Weil die Sache noch nicht ganz spruchreif war, aber jetzt sind wir uns doch einig, nicht wahr, Herr Hitzlkofer?«, sagte der Makler.

Rudi Hitzlkofer nickte, aber so ganz überzeugt sah er nicht aus. »Mir ist es recht, wenn Sie dem Thomas erklären, was Sie mit dem Wirtshaus vorhaben.«

»Welch schöner Zufall, dass Sie ausgerechnet jetzt vorbeikommen.« Da klang keine Ironie mit. »Dann haben Sie die Geschichte exklusiv und aus erster Hand, Herr ...« Fehrendanz sah Thomas fragend an.

»Reitinger.«

»Entschuldigen Sie bitte, mein Namensgedächtnis ist nicht das beste.«

»Macht nichts, Hauptsache ich weiß noch, wie ich heiße.«

Ein kleines Lächeln war die Antwort.

»Herr Reitinger, wir planen hier in Helmering ein Seminarhaus. Ich möchte das Anwesen übernehmen und es umbauen.«

»Werden Sie es auch leiten?«

»Ich kümmere mich nur um das Seminarprogramm. Die Verwaltung und die Organisation übernimmt mein Schwager.«

Thomas sah sich um: »Er ist aber nicht hier?«

Fehrendanz schüttelte scheinbar bedauernd den Kopf und redete dann weiter. »Es sollen Veranstaltungen stattfinden für Führungskräfte und solche, die es werden wollen.«

Hitzlkofer stieg unruhig von einem Fuß auf den anderen, die Pläne hielt er immer noch in der Hand. Fehrendanz warf einen auffordernden Blick zu Morawitz, der sofort verstand. Er berührte Hitzlkofer leicht am Arm.

»Kommen Sie, wir beide sehen uns mal in Ruhe die Pläne an«, sagte er und führte ihn behutsam an einen anderen Tisch.

Freisleder hielt sein leeres Glas hoch: »Bitte Rudi ...«

»Nimm's dir selber«, gab Hitzlkofer zurück. »Das ist jetzt auch schon wurscht.«

»Gibt es hier am Ort eine Zeitung?«, fragte Fehrendanz interessiert.

»Ich arbeite in Regensburg.«

»Aber Sie kennen den Wirt – zumindest duzen Sie sich.«

»Ich bin im Ort geboren.«

»Ach, ein Einheimischer.«

Thomas wollte das Frage-Antwort-Spiel umdrehen. »Sie sind nicht von hier?«

»Nein, aus Wuppertal. Zuletzt habe ich aber im Harz gewohnt.«

»Was zieht Sie nach Bayern?«

»Meine Lebensgefährtin stammt aus Straubing. Deshalb kenne ich diese Gegend ganz gut. Ihr Bruder, dem sie sehr nahesteht, sucht eine neue Aufgabe.«

»Ein Seminarhaus in Helmering.«

»Es ist schön hier. Auch ich suche neue Herausforderungen, möchte mein Wissen an möglichst viele neugierige Menschen weitergeben.« Fehrendanz lächelte einnehmend, aber nicht ganz echt, wie Thomas fand.

»Finden Sie Kallmünz nicht schöner?«

Das Lächeln verschwand sofort. Fehrendanz leistete sich einen kurzen wütenden Blick, dann hatte er sich wieder unter Kontrolle. »Lieber Herr ...«

»Reitinger.«

Der Coach setzte einen besorgten Blick auf. »Sie wissen mehr, als Sie zugeben. Sie fragen naiv, dann spielen Sie Ihr Wissen aus und zeigen mir, dass Sie schon längst informiert sind. Das sind Machtspielchen. Das liegt mir nicht.«

Thomas musste unwillkürlich grinsen. Wenn der Mann irgendetwas sehr gut beherrschte, dann wohl Machtspielchen.

Aber Fehrendanz gab immer noch den Betroffenen. »Vielleicht macht man das in Ihrer Branche so. Aber glauben Sie mir: Offenheit und Ehrlichkeit, damit gewinnt man sein Gegenüber.«

Thomas spielte immer noch den Unschuldigen: »Ich habe zufällig Frau Gnadl kennengelernt, deren Mann sehr aktiv gegen den Verkauf des Wirtshauses in Kallmünz zu Felde gezogen ist.«

Fehrendanz zuckte nicht mit der Wimper.

Thomas legte nach. »Und dann unter sehr tragischen Umständen ums Leben kam.«

»Herr Morawitz hat auch damals die Verhandlungen geführt, und ich kenne außer dem Wirt keinen Menschen in Kallmünz, weder diesen Herrn ...«

»Gnadl«, half Thomas aus.

»... noch seine Frau.«

»Warum ist aus dem Geschäft nichts geworden?«

»Der Wirt hat einen Rückzieher gemacht, das wissen Sie sicher auch.«

»Das soll Ihnen hier nicht passieren.« Thomas sah zu Hitzlkofer, den der Makler bearbeitete.

Fehrendanz lächelte und zeigte dabei sein makelloses Gebiss.

Haben seine Seminarteilnehmer bezahlt, dachte Thomas. So schöne Zähne werde ich nie haben.

»Der ganze Ort wird davon profitieren, glauben Sie mir.«

Fehrendanz sprach das Glauben-Sie-mir sehr vertrauenerweckend aus. Wie die Schlange im Dschungelbuch, dachte Thomas.

Was singt die da? Glaub mir? Vertrau mir? Das war's. Er musste sich wieder zurückholen in dieses Gespräch und seine Gedanken zusammenhalten.

»Und wohin sollen die Menschen hier gehen, wenn sie sich treffen wollen?«

Fehrendanz sah sich um. »Sehen Sie jemanden außer den Herrn am Stammtisch?«

Reitinger sah zu Freisleder. Der Coach hatte Recht. Vielleicht brauchte Helmering gar kein Wirtshaus mehr.

Thomas stand auf und versuchte, das Lächeln seines Gegenübers zu imitieren.

»Vielen Dank für das Gespräch, Herr ...«

»Fehrendanz.«

»Genau.«

Die Mutter stand bereits am Auto und sah ihn vorwurfsvoll an.

»Schon so spät! Von wegen eine Stunde.«

Thomas wusste, dass er sich beeilen sollte. Er musste noch duschen und sich umziehen, bevor es losging zum Ball nach Bad Abbach. Ob er dort jemanden traf, der Marita Hauner gekannt hatte? Egal, diesen Abend wollte er abschalten, für Lisa da sein. Morgen würde er weiter recherchieren.

Er ließ die Mutter erzählen, wen sie am Friedhof getroffen, was ihr die Leute erzählt hatten, dann setzte er sie zu Hause ab.

»Was machst eigentlich du heute Abend, Mutter?«

»Ich stricke den Pullover fertig, den ich dir schon zu Weihnachten schenken wollte und der nicht fertig geworden ist.«

»An Silvester? Findest das nicht ein bisserl fad?«

»Um zehn Uhr treffe ich mich dann mit ein paar Nachbarn, und wir gehen das Feuerwerk anschauen.«

Er beschloss, doch noch einmal in der Redaktion vorbeizufahren. Morgen wollte er auf keinen Fall hier aufkreuzen. Aber Andrea Kriegler würde mit Aschenbrenner die Wochenendausgabe machen für den 2. und 3. Januar – da sollte auf jeden Fall etwas über den Mord an Marita Hauner drinstehen, auch wenn selbst die

Polizei nichts Neues dazu sagen konnte. Ein bisschen was Menschliches würde er eben schreiben.

Zu seinem Erstaunen traf er die Praktikantin in der Redaktion an. Sie saß vor dem kleinen Fernsehgerät und sah eine Comedy-Sendung an. »Meiner ist kaputt, und ich schau das immer«, sagte sie zu ihrer Entschuldigung.

»Wer hat dich reingelassen?«

»Aschenbrenner war noch da.«

Das wunderte Thomas. Denn wenn der Kollege auch gerne im Dreck wühlte, als besonders arbeitseifrig war er nicht bekannt. Reitinger begann zu schreiben, während Christina die Sendung zu Ende guckte. Aber sie ging nicht.

»Ist noch was?«, fragte Thomas, denn offenkundig hatte sie etwas auf dem Herzen. Dann glaubte er zu verstehen: »Nein, du hast morgen nicht frei.«

»Es geht um was anderes. Aschenbrenner hat sein Handy liegen gelassen, und es hat geklingelt.«

»Du bist drangegangen?«

»Ich hab nur Hallo gesagt, und da hat der Anrufer wohl gedacht, Aschenbrenner hätte eine hübsche Altstimme.«

Thomas grinste. Auf den Mund gefallen war die Praktikantin nicht.

»Ich will gar nicht wissen, worum es ging. Das ist Privatsache.«

»Das glaube ich nicht. Denn der Typ war von einer großen Boulevardzeitung. Er hat sich für Aschenbrenners Angebot bedankt und gesagt, dass sie seine Enthüllungsgeschichte gerne haben möchten, aber er müsse schon richtig hart zur Sache gehen, und es sollten auch ein paar große Namen dabei sein, nicht nur Lokalprominenz.«

Thomas kapierte: »Das Notizbuch von Jeannette.«

»Yes.«

»Weil wir's nicht machen, will er's anderswo unterbringen.«

»Er redet schon seit Tagen davon, dass nur er weiß, was eine wirklich gute Geschichte ist, und dass er irgendwann mal ganz groß rauskommt.«

»Das kann ihn den Job kosten.«

»Wenn du ihn hinhängst beim Chef.«

Thomas sah auf die Uhr und dachte: Ich muss hier weg, aber es geht jetzt wirklich nicht. »Warum sagst du's mir, Christina?«

»Ich wollte eigentlich nicht petzen. Aber wenn er das wirklich macht, haben wir alle eine Menge Stress.«

»Du wahrscheinlich nicht.«

»Gehöre ich nicht dazu?«

Sie denkt doch mit, überlegte Thomas und war richtig gerührt.

»Ich rede mit ihm. Dann sehen wir weiter.«

»Du sagst nicht, dass du es von mir weißt?«

»Natürlich nicht. Aber danke. Und jetzt viel Spaß beim Feiern.«

Christina seufzte abgrundtief. Thomas wunderte sich.

»Kein Abtanzen zu Silvester?«

»Doch, aber morgen früh ...«

»Du brauchst erst um zwölf Uhr kommen«, sagte er großzügig. »Ich lege Andrea einen Zettel hin, damit sie Bescheid weiß.«

Christina strahlte ihn an, dann verschwand sie, bevor er es sich noch anders überlegen konnte.

Als Thomas zu Hause ankam, rief er gleich: »Es tut mir leid, ich mache schnell.«

Dann erst bemerkte er, dass es ganz still war. Eigentlich hatte er erwartet, dass die Schwiegereltern und Lisa hektisch hin- und herliefen, sich anzogen, sich das Bad streitig machten, aber es war dunkel und still. Sie sind ohne mich weg, war sein erster Gedanke. Dann ging er weiter ins Wohnzimmer und machte das Licht an. Da lag seine Frau auf dem Sofa und blinzelte ihm entgegen.

»Da bist du ja.« Sie klang erschöpft.

»Was ist denn passiert?« Thomas sah sie besorgt an und setzte sich zu ihr.

»Ich muss mit dir reden, Thomas.«

»Ist dir immer noch so schlecht?«

»Jetzt geht's eigentlich wieder.«

»Warum hast du mich nicht angerufen?«

»Hättest du mir helfen können?«

»Vielleicht trösten.«

»Das kannst du jetzt immer noch.«

Thomas nahm seine Frau in den Arm. »Wo sind denn deine Eltern?«

»Ich habe sie zum Ball geschickt. Mama war schon fein gemacht und sie hat sich so aufs Tanzen gefreut. Außerdem will ich sowieso nur schlafen, schlafen, schlafen.«

»Trotzdem wundert es mich, dass sie dich allein gelassen haben.«

»Ich habe ihnen ehrlich gesagt, dass ich meine Ruhe will. Übrigens: Sie haben gleich deine Mutter eingeladen mitzukommen.«

»Dann muss dein Vater jetzt mit zwei Frauen tanzen.«

»Deine Mutter wird doch ihren Bekannten mitnehmen.«

Thomas machte große Augen. »Meine Mutter hat einen ... Bekannten?«

»Der war offenbar auch mal die letzten Tage dabei, als meine Eltern mit Therese in die Stadt gingen.«

Thomas war so verwirrt, dass er gar nichts sagen konnte. Lisa aber stand vorsichtig auf. »Ich muss mal ins Bad.«

»Soll ich dir Tee kochen?«

»Gute Idee. Und dann reden wir.«

Zu zweit saßen sie auf dem Sofa und tranken den Tee.

Thomas sah auf die Unterlagen, die auf dem Tisch ausgebreitet waren. »Du hast gearbeitet?«

»Du doch auch.«

Er sah sich die Papiere an. Fotos und Zeugnisse seiner Frau, Bewerbungsschreiben, Antworten. Lisa hatte sich im letzten Jahr bei verschiedenen Firmen und Organisationen beworben. Nach Dreikönig sollte ein Vorstellungsgespräch stattfinden.

»Ich find's gut, dass du was Neues anfangen willst«, meinte Thomas und blätterte in den Unterlagen. »Und wenn das mit der Wohnungsbaugenossenschaft klappt ...« Er brach ab, denn Lisa hatte Tränen in den Augen. »Was ist passiert?«, fragte Thomas alarmiert. »Haben sie abgesagt?«

»Ich werde absagen«, schluchzte Lisa und als er immer noch nicht durchblickte, wurde sie deutlicher: »Thomas, ich bin schwanger.«

7. Kapitel

Als es Mitternacht wurde, tranken sie immer noch Tee. Sie begannen das neue Jahr auf dem Sofa sitzend, eng aneinandergekuschelt und wussten noch immer nicht recht, was sie nun tun oder sagen sollten. Die zentrale Frage, ob sie überhaupt ein Kind wollten, traute sich keiner von beiden laut auszusprechen. Von allen Fragen, die sich aus dieser einen ergaben, mal ganz zu schweigen.

Thomas näherte sich dem Thema auf seine Weise an, indem er nach einer langen Gesprächspause fragte: »Seit wann weißt du es denn schon?«

»Seit heute Nachmittag.«

»Hast du vorher nichts gemerkt?«

»Ich habe wirklich gedacht, mir sei einfach nur schlecht. Aber gestern habe ich mal nachgerechnet und schnell noch einen Test besorgt ...«

Und der war positiv, dachte Thomas diesen Satz zu Ende.

Schweigen.

»Kannst du vielleicht irgendetwas dazu sagen?«

Seine Ratlosigkeit war offenkundig.

»Zum Beispiel, ob du dich freust oder nicht, ob du Vater werden willst oder nicht, was wir machen sollen, wie es weitergeht ...«

»Freust du dich denn?«

»Mensch, Thomas, sag doch einfach mal deine Meinung!« Sie war laut geworden.

»Ich freu mich schon«, sagte er, aber es klang ein bisschen kläglich.

Lisa verdrehte die Augen. »Ich höre es aus jedem deiner Worte.«

»Wir wollten doch ein Kind.«

»Wolltest du?«

»Wir haben das Thema nur immer vor uns hergeschoben, irgendwie hat's nie gepasst«, meinte Thomas.

»Vor zehn Jahren wollte ich eines, vor fünf Jahren auch, aber dann ...«

Dann kam ihre Ehekrise, dachte Thomas, und trotz Versöhnung hatten sie nicht mehr über dieses Thema gesprochen. Sie hatten es sich doch schon recht bequem eingerichtet in ihrem Leben.

»Es kommt nie passend, oder?«, meinte Thomas, und wieder zeigte ihm Lisas Blick, dass ihr diese Platitüde auch nicht besonders weiterhalf.

Sie sah zur Uhr und stand auf. »Ich möchte gerne im Bett sein, wenn meine Eltern kommen. Ich habe keine Lust, mir auch noch ihre Weisheiten zu diesem Thema anzuhören.«

Lisa räumte ihre Unterlagen zusammen, die noch auf dem Tisch lagen, Thomas trug das Geschirr in die Küche.

Beim Zähneputzen beugte Lisa sich vor und stöhnte leicht. »Hoffentlich hört das bald auf mit dieser Übelkeit.«

Dann fing sie an zu schluchzen.

Thomas war kein Künstler, wenn es darum ging, über seine Zuneigung und seine Gedanken zu reden. Aber in dieser Nacht bot er alles auf, was er in dieser Hinsicht zu geben hatte. Aber er hütete sich, weitere Binsenweisheiten à la »Wir werden das schon schaffen« zu äußern.

Er nahm seine Frau in den Arm, flüsterte ihr zu, dass er sich wirklich auf das Kind freue, dass er nur sehr überrascht gewesen sei über ihre Ankündigung, damit hätte er einfach nicht gerechnet. Dass er auch die kommende Woche mit ihr zum Frauenarzt gehen werde, wenn sie das wolle. Dass er auch der Meinung sei, sie sollten seiner Mutter und ihren Eltern erst einmal nichts sagen.

Lisa beruhigte sich allmählich. Er hätte ihr gerne die Hand auf den Bauch gelegt, aber er fand sich selbst ein bisschen plump dabei.

Sie hörten, dass jemand sich am Schloss zu schaffen machte, dann ein »Pst« von Lisas Mutter und ein joviales »Die werden doch noch nicht im Bett sein!« von ihrem Vater.

»Er hat was getrunken«, flüsterte Lisa.

Das hätte ich normalerweise auch, dachte Thomas.

Sie lauschten, wie Raimund Haberland über die Jugend von heute klagte, die so gar nichts mehr aushielt, um zwei Uhr bereits im Bett war, die das Leben nicht zu genießen verstand so wie seine Generation. »Die hatten es immer zu gut, die haben keine Freude mehr an einem schönen Abend, weil sie die schlimmen Tage und die harte Arbeit nicht kennen.«

Sie hörten zu, wie Lisas Mutter nur mit Mühe verhindern konnte, dass er an ihre Tür klopfte, um sie wieder aufzuwecken, damit sie anstoßen konnten auf das Neue Jahr.

»Was haben denn die beiden für Vorsätze? Früh schlafen gehen? Ein langweiliges Leben führen? Ich an ihrer Stelle, ich würde einen draufmachen ...«

»Du hast doch gesehen, dass es Lisa heute nicht gut ging«, flüsterte Annegret.

»Das ist psychisch«, erklärte ihr Mann, wobei ihm das Wort nicht mehr ganz so leicht über die Lippen ging.

»Hoffentlich legen sie sich bald hin«, flüsterte Lisa.

Sie schwiegen beide eine Weile, dann wurde es auch draußen im Flur still. Ein Rumoren noch aus dem Schlafzimmer, gedämpfte Stimmen, dann war Ruhe.

»Gute Nacht, Lisa.«

Aber sie war schon eingeschlafen.

Sie waren beide früh wach und fühlten sich ein bisschen fremd, als sie einander in die Augen sahen.

»Frohes neues Jahr«, sagte Lisa.

»Auf unser neues Leben«, antwortete Thomas, nahm seine Frau in den Arm und küsste sie. »Mit einem hübschen Baby, das deine schönen blauen Augen hat und mich morgens anlächelt ...«

»... nachdem es mich die ganze Nacht wachgehalten hat«, beendete Lisa die Idylle, die ihr Mann ausmalte.

»Gestern war ich dir zu wenig euphorisch.«

Sie seufzte: »Ich sehe einfach auch, was sich alles ändert, vor allem für mich.«

Lisa stand auf und ging in Richtung Tür.

»Die Stelle bei der Genossenschaft kann ich vergessen.«

Thomas sprang aus dem Bett und nahm sie in den Arm. »Du kannst sie annehmen. Auch wenn du schwanger bist.«

»Fair ist das nicht. Sie suchen jemanden, der mit ihnen gemeinsam die Sache aufbaut. Wenn ich nach wenigen Monaten schon ausfalle und dann gleich Elternzeit nehme ...«

»Dann nehme eben ich Elternzeit.«

»Versprich nichts, was du nicht halten kannst.«

Unter der Dusche gestand Thomas sich ein, dass Lisa schon Recht hatte. Ihr Leben würde sich entscheidend ändern, er konnte im Zweifelsfall so weitermachen wie bisher. Das war bei seinem Freund Wachter so, der als Arzt praktizierte, das war auch bei vielen Kollegen so. Die Kindererziehung war weitgehend Frauensache. Wollte er wirklich seinen Job für einige Zeit aufgeben und sich um ein Kind kümmern, um sein Kind? Das sollte er sich gut überlegen, bevor er Lisa gegenüber noch einmal leichtsinnige Versprechen abgab.

»Tu mir den Gefallen und unternimm heute etwas mit meinen Eltern«, bat Lisa, als Thomas und sie den Frühstückstisch deckten. Lisa sah mit wenig Begeisterung auf Brot, Schinken und Käse, Thomas' Vorschlag, Eier zu kochen, erzeugte ein Würgen. Er ließ es lieber. Sie trank Tee, er Kaffee, sie setzten sich nebeneinander, er nahm ihre Hand.

Die Ruhe vor dem Sturm, dachte er. Wenn der Schwiegervater wach ist, wird's wieder laut.

»Wir müssen umziehen«, fiel ihm plötzlich ein.

»Das ist im Moment mein geringstes Problem.«

Lisa sah gar nicht glücklich aus. Thomas wusste, dass sie sich auf eine neue berufliche Aufgabe sehr gefreut hatte. Das Angebot, diese Genossenschaft für soziales und ökologisches Wohnen mit aufzubauen, ein konkretes Hausprojekt anzugehen und nach weiteren Objekten zu suchen, hatte sie sehr gereizt. Lange genug hatte sie eine Arbeit gesucht, bei der sie noch etwas bewegen konnte, wie sie sagte.

»Rufe doch bei denen an«, schlug er vor. »Spiel mit offenen Karten. Vielleicht gibt es ja irgendeine Lösung.«

»Ich kenne sie schon«, vermutete Lisa. »Ich bleibe beim Makler, die Stelle bei der Genossenschaft kriegt jemand anderer, ich nehme Elternzeit und irgendwann, in ein paar Jahren, sehe sich mich nach etwas Neuem um. Wenn ich Glück habe, kriege ich einen anderen, aber nicht unbedingt einen interessanteren Job. Wenn ich Pech habe, bin ich zu alt.«

»Wir haben mehr als ein halbes Jahr Zeit, um uns eine bessere Lösung zu überlegen.«

»Ich kann mir nicht vorstellen, wie die aussieht.«

»Tagesmutter, Krippe, Oma, Au Pair ... da gibt's viele Möglichkeiten. Und ich bin auch noch da.«

Thomas nahm sie fest in die Arme. »Ich freu mich wirklich. Ich kann's nur nicht so zeigen.«

»Ich weiß. Ich kenne dich ja.«

Beim Frühstück schlug Thomas seinen Schwiegereltern vor, einen Ausflug zu machen.

»Wohin?«, fragte Raimund.

»Lass dich überraschen«, wich Thomas aus, weil er noch nicht wusste, ob er nun besser nach Kallmünz, nach Bad Abbach oder nach Donaustauf fahren sollte zum Recherchieren.

Während er darüber nachdachte, ließ er den Spott seines Schwiegervaters über sich ergehen. Der machte erneut klar, ihm wäre das in so jungen Jahren nicht passiert, dass er einen Silvesterabend schon kurz nach Mitternacht beendete. Seine Frau versuchte ihn zu bremsen, das mache eben jeder, wie es ihm gefalle. Erst als es klingelte, erinnerten sie sich, dass sie Therese Reitinger zum Frühstück eingeladen hatten.

Thomas öffnete seiner Mutter. »Guten Morgen, frohes neues Jahr.« Er nahm sie kurz in den Arm.

»Dir auch, Bub. Gesundheit und Glück, Zufriedenheit. Und alles Gute beruflich wie privat.«

Ich werde es brauchen, dachte Thomas und folgte seiner Mutter ins Wohnzimmer.

»Wo hast du denn den Alfred gelassen?«, fragte Raimund ungeniert.

Therese ging gar nicht darauf ein, sondern schloss Lisa herzlich in die Arme.

»Ein frohes neues Jahr, Lisa. Auf dass alle deine Wünsche in Erfüllung gehen.«

»Danke, Therese. Dir auch.«

Der Tonfall machte Therese Reitinger ebenso skeptisch wie Lisas schlechtes Aussehen. Ein kurzer Blick zu ihrem Sohn, doch der bemühte sich, möglichst unschuldig dreinzuschauen. Sollte seine Mutter eine Ahnung haben, er wollte sie nicht bestätigen.

»Bleibst heute noch zu Hause und schonst dich«, riet Therese ihrer Schwiegertochter.

Annegret Haberland sah enttäuscht drein. »Du wirst doch diesen Ausflug mitmachen, Lisa.«

»Mir ist nicht gut und deshalb bleibe ich zu Hause.«

»Dann bleibe ich bei dir.«

»Ich möchte allein sein!«

Lisas Ton war scharf. Annegret Haberland stutzte.

»Wo soll's denn hingehen?«, versuchte Therese Reitinger abzulenken.

»Nicht wieder nach Helmering, das kenne ich schon zur Genüge«, maulte Annegret. »Da waren wir früher auch oft genug.«

Therese Reitinger bemühte sich sehr, ihren Ärger zu verbergen. Sie fand, Helmering sei immer einen Ausflug wert. Da sollte sich Annegret nicht so aufspielen.

»Wir fahren nach Kallmünz, das ist ein wunderschöner Ort«, versprach Thomas.

»Oh ja, das stimmt«, warf Therese ein, und auch Lisa nickte zustimmend.

»Dann wollte ich euch die Walhalla in Donaustauf zeigen, die liegt auch ganz herrlich ...«

»Das ist ja ein richtiges Ausflugsprogramm.« Annegret Haberland klang sehr zufrieden.

Es ist mein Rechercheprogramm für heute, nur du weißt es noch nicht, dachte Thomas und wechselte mit Lisa einen leicht amüsierten Blick.

»Kommst du mit, Therese?«, fragte Annegret nach.

»Wenn ich nicht störe ...«

»Aber gern, vielleicht hat dein Alfred auch Lust?«, bohrte Raimund Haberland taktlos nach.

Therese Reitinger linste zu ihrem Sohn, aber Thomas lächelte nur, als wollte er sagen: Ich finde es gut, wenn du nicht mehr allein bist.

»Mein Nachbar Alfred«, sagte sie dezidiert, »ist heute bei seinem Sohn und dessen Familie eingeladen.«

»Er tanzt wunderbar«, seufzte Annegret und fing sich mit dieser Bemerkung einen ärgerlichen Blick ihres Mannes ein.

»Wie war's denn überhaupt auf dem Ball?«, fragte Lisa nach. Und dann konnten Thomas und sie getrost eine halbe Stunde schweigen und ihren eigenen Gedanken nachhängen.

Raimund Haberland wollte chauffieren. Thomas dirigierte ihn nach Kallmünz, gemeinsam mit seiner Mutter und den Schwiegereltern schlenderte er durch den Ort.

»Ich habe gar nicht gewusst, dass Kandinsky und Münter hier waren«, staunte Annegret.

»Ich habe nicht gewusst, dass man die kennen muss«, brummte Raimund.

»Hier ist es wirklich schön«, freute sich Therese. »Und ich komme so selten her. Eigentlich schade.«

Thomas konnte seine Schwiegereltern nicht davon überzeugen, mit auf die Burg zu gehen. Aber er selbst wollte sich umsehen, wo Florian Gnadl angeblich gestürzt war und sich schwer verletzt hatte. Seine Witwe hatte ihm die Stelle genau beschrieben.

»Geht doch inzwischen einen Kaffee trinken, ich bin gleich wieder da«, schlug Thomas seinen Begleitern vor.

»Ich komme mit«, sagte Therese Reitinger und gemeinsam mit ihrem Sohn stieg sie hinauf zur Burg.

»Sie sind schon recht anstrengend, der Raimund und die Annegret«, begann Therese die Unterhaltung.

»Morgen fahren sie wieder heim.«

»Der Alfred ist nur ein netter Nachbar. Als er gehört hat, dass wir noch eine Karte für den Ball haben ...«

»Wär's anders, dann würdest du es mir sagen, wenn's für dich an der Zeit wär.«

»Wenn bei euch was ist, dann sagt ihr es mir, wenn's für euch an der Zeit ist.«

Thomas blieb stehen und sah seine Mutter irritiert an. Sie erwiderte seinen Blick fest. Sie ahnt tatsächlich, dass die Lisa schwanger ist, dachte er. Sie hat einen siebten Sinn für so was.

Er nickte. »Versprochen.«

Thomas bewunderte seine Mutter insgeheim, wie rasch und sicher sie die Stufen zur Burg hinaufging. Wurzelwerk und aus der Erde herausschauende Felsbrocken sowie die unterschiedliche Höhe einzelner Stufen machten den Weg nicht ganz einfach.

Therese drehte sich um und lachte ihren Sohn an. »Jetzt schnauf doch nicht gar so sehr. Ich bin schließlich fast dreißig Jahre älter als du!« Immerhin verkniff sie sich den Hinweis, dass er früher Sportjournalist gewesen sei.

Sie betrat die Burgruine bereits durch den Torbogen. Thomas aber blieb stehen und sah zurück. Mit seiner Digitalkamera machte er Fotos. Denn hier, auf den letzten Stufen, war Florian Gnadl verunglückt. Er war umgeknickt, oder ausgerutscht, und hingefallen. Er hatte sich den Kopf aufgeschlagen, war verletzt liegen geblieben und erst Stunden später gefunden worden. Hannelore Gnadl hatte ihren Mann als trittsicheren Bergsteiger beschrieben. Seine Mutter hatte keine Schwierigkeiten gehabt, hier hochzukommen. Er konnte sich nicht vorstellen, warum Florian Gnadl hier hätte stürzen sollen.

Während seine Mutter sich die Ruine ansah, die einzelnen Hinweisschilder aufmerksam studierte, auf einer Bank Platz nahm und den Blick ins Naabtal genoss, zog Thomas sein Handy heraus und rief Hannelore Gnadl an.

Sie war offenbar noch bei ihrer Tochter in Köln. Aber sie hatte auf ihrem Anrufbeantworter eine Handynummer hinterlassen.

»Grüß Gott, Frau Gnadl, hier Thomas Reitinger, der Journalist.«

»Was gibt's denn so Dringendes?«

»Tut mir leid, dass ich Sie am Feiertag störe.«

»Frohes neues Jahr – aber deswegen rufen Sie bestimmt nicht an.«

»Frau Gnadl, ich stehe hier auf der Burgruine in Kallmünz und ich frag mich: Wieso ist Ihr Mann an dem Tag hierher gegangen?«

Hannelore Gnadl schwieg einen Moment, Thomas dachte schon, das Gespräch sei unterbrochen. »Ist denn das so wichtig?«

»Ja, ich denke schon. Sonst hätte ich jetzt nicht angerufen, glauben Sie mir.«

»Es war ein Treffen der Leute, die dieses Wirtshaus als Gaststätte erhalten wollten. In Kallmünz. Da ist er hingegangen. Und nicht wiedergekommen.«

»Haben Sie später mal mit jemandem gesprochen, was denn bei dem Treffen los war?«

»Freilich haben mir die Leute erzählt, was los war. Dieser Fehrendanz ist dazugekommen. Dann noch einer, der die Organisation in dem neuen Seminarhaus machen sollte.«

Vermutlich der Bruder der Freundin, dachte Thomas. »Wissen Sie, wie der andere hieß? Vielleicht ein Herr Dirschl?«

»Keine Ahnung. Tut mir leid.«

»Hat's Streit gegeben?«, fragte er nach.

»Mein Mann ist bestimmt laut geworden.«

»Ich habe diesen Fehrendanz inzwischen kennengelernt. Der ist eher so ein Schleicher.«

»Das habe ich auch gehört. Aber der andere, der muss ziemlich rumgebrüllt haben.«

»Und dann ist Ihr Mann auf die Burg?«

»Ich denke, er hat ein bisschen Bewegung gebraucht, um sich abzureagieren.«

»Danke, Frau Gnadl, Sie haben mir wirklich sehr geholfen.«

»Denken Sie daran, dass Sie mir die Unterlagen zurückgeben, wenn ich wieder heimkomme?«

»Versprochen.«

Thomas sah die Mutter auf sich zukommen.

»Wo bleibst denn, Bub? Diese schöne Anlage und der herrliche Blick und was macht er? Spielt mit seinem Handy!« Noch auf dem

Rückweg in den Ort schimpfte die Mutter mit ihm, aber Thomas hörte gar nicht zu.

Was war passiert, damals nach der Versammlung in Kallmünz?

»Müssen wir wirklich noch zur Walhalla?«, fragte Raimund Haberland. »Da waren wir doch schon mal.«

»Das ist ewig her. Ich will da hin«, entschied seine Frau, und er fügte sich, als er ihren scharfen Ton hörte.

Thomas hatte mit seiner Mutter vereinbart, dass sie allein mit den beiden zur Walhalla hinaufging. Er wollte in der Zwischenzeit mit Herbert Hauner oder dessen Tochter sprechen. Er ließ sich in der Maxstraße absetzen und ging den Hügel hoch, während die Haberlands und Therese Reitinger zur Walhalla weiterfuhren.

Es hatte keinen Sinn, sich hier herumzutreiben und darauf zu hoffen, dass Hauner oder seine Tochter das Haus verließen und mit ihm sprachen. So nahm er seinen ganzen Mut zusammen und klingelte bei Corinna Gröbinger. Er hörte sie die Treppe herunterkommen, er sah ihre schwarze Kleidung, das übermüdete traurige Gesicht, das Staunen in ihren Augen.

»Thomas Reitinger, wissen Sie noch?«

»Sie haben das Portrait über meine Mutter geschrieben!«

Thomas nickte.

»Das hat uns gut gefallen. Es war fast ...«, sie suchte nach dem richtigen Wort, »... tröstlich.«

»Danke. Kann ich Sie sprechen?«

Corinna Gröbinger überlegte einen Moment.

»Ich gehe ohnehin gleich mit meiner kleinen Tochter spazieren. Sie können uns begleiten. Warten Sie bitte einen Moment?«

Ein Hauch von Schnee, kalte, klare Luft, aber die Sonne schien und lockte an diesem Nachmittag viele Familien aus ihren warmen Häusern zu einem kleinen Spaziergang. Thomas ging auf und ab und wartete bis Corinna Gröbinger wiederkam – mit Kind und Hund.

»Wollen Sie den Kinderwagen schieben oder nehmen Sie lieber den Hund?«

Thomas hätte lieber den Hund genommen, aber er kam sich feig dabei vor. Warum nicht die neue Rolle ausprobieren? Er griff zum Kinderwagen. Gemeinsam gingen sie die Straße hinunter in den Ort.

»Ich habe mit Frau Rosenberger und Frau Wieland geredet. Beide sagen, Ihre Mutter sei ein lebensfroher Mensch gewesen.«

»Ja, sie hat wirklich gerne gelebt.«

»Ihr Vater ist angeblich eher still und introvertiert.«

»Manche Paare passen auf den ersten Blick nicht zusammen. Aber ich finde, meine Eltern haben sich immer gut ergänzt.«

»Ihre Mutter war doch kaum zu Hause, bei so vielen Aktivitäten.«

Corinna Gröbinger musterte ihn skeptisch. »Ist das Ihr Familienbild? Die Frau bleibt am Herd und kümmert sich um die Familie?«

»Das habe ich gar nicht gesagt!«

»Dann akzeptieren Sie doch, dass mein Vater gerne und viel daheim war und meine Mutter lieber etwas unternommen hat. Daran ist nichts Verdächtiges.«

Darauf wusste Thomas nichts zu sagen.

Sie überquerten die Wörther Straße, gingen durch den Park. Corinna Gröbinger nahm das Gespräch wieder auf.

»Sie haben in Ihrem Artikel doch selbst den Zusammenhang zum Überfall auf einen anderen Landkreispolitiker hergestellt. Also vermuten Sie einen politischen Hintergrund – der Streit um die Umgehungsstraße.«

»Kommt Ihnen das plausibel vor?«, fragte Thomas nach.

»Wie soll mir einleuchten, dass jemand meine Mutter getötet hat?« Doch dann, nach einem kurzen Moment des Nachdenkens fügte sie hinzu: »Vermutlich hat es mit ihrer Arbeit im Gemeinderat und Kreistag zu tun, einen anderen Grund kann es gar nicht geben.«

Corinna Gröbinger hatte Tränen in den Augen. Sie blieb stehen und suchte nach einem Taschentuch, während Thomas mit der Bremse des Kinderwagens kämpfte. Seine Ungeschicklichkeit entlockte ihr ein kleines Lächeln. »Sie haben nicht viel Erfahrung mit Kinderwagen.«

»Braucht man einen Führerschein?«

»Schaden würde es nicht, oder?«

Das kleine Stück Park war zu Ende, Thomas bemerkte den Hinweis auf den Treppenaufgang zur Walhalla. Von weitem sah er seine Mutter und die Schwiegereltern kommen. Annegret winkte bereits. Er gab Corinna Gröbinger den Kinderwagen zurück.

»Danke, dass Sie sich Zeit für ein Gespräch genommen haben.«

Er sah ihr noch einen Moment nach, als sein Schwiegervater zu ihm trat und ihn sehr kritisch musterte.

»Eine Kollegin?«

»Nein.«

Raimund Haberland wartete noch auf eine ausführlichere Antwort, aber er bekam sie nicht.

Der Schwiegervater saß am Steuer und warf Thomas von Zeit zu Zeit einen finsteren Blick über den Rückspiegel zu. Annegret, die vorne neben ihrem Mann saß, hatte sich halb umgewandt und unterhielt sich mit Therese.

»Was die Kaiserin von Russland in der Walhalla verloren hat, das möchte ich schon gerne wissen.«

»Wenn wir die Broschüre gekauft hätten, da würde es drinstehen.«

»Ich gebe doch nicht vier Euro aus, bloß damit ich das erfahre!«

Reich sind sie schon, jetzt werden sie auch noch geizig, dachte Thomas.

Therese aber fühlte sich kritisiert. »Ich hab's schon mal gewusst, aber wieder vergessen.«

»Dann wundert mich, was der Konrad Adenauer da macht. Wenn es wenigstens der Franz Josef Strauß wäre ...« Jetzt fiel Annegret auch auf, wie schweigsam ihr Mann war. »Was sagst du, Raimund?«

»Ich finde, wir sollten heimfahren, damit sich der Thomas um seine kranke Frau kümmern kann.« Wieder ein böser Blick in den Rückspiegel.

»Lisa hat gesagt, sie will ihre Ruhe. Und ich habe auch noch etwas ganz Besonderes für euch«, antwortete Thomas.

»Da bin ich aber neugierig.« Therese Reitinger spürte die Spannung und versuchte, sie mit Munterkeit zu überdecken.

Thomas dirigierte den Schwiegervater durch Großprüfening und ließ ihn an der Donau parken.

»Wir gehen hoch zum Max-Schultze-Steig«, kündigte er an.

»Das ist jetzt aber das letzte Ziel für heute«, beschloss Annegret, und ihr Mann maulte:

»Da geht's ja schon wieder bergauf.«

»Ich war schon seit Jahren, was sag ich, Jahrzehnten nicht mehr hier«, freute sich Therese.

Thomas lächelte seine Mutter dankbar an. Mochte es ihm manchmal auf die Nerven gehen, wenn Therese Reitinger »nichts auf ihren Bub kommen ließ«, wie sie das gerne formulierte, heute war er sehr froh darum.

»Der Aufstieg würde dir bedeutend leichter fallen, wenn du gestern nicht so viel gegessen und getrunken hättest.« Annegret war heute streng mit ihrem Mann. Der brummte nur vor sich hin, dass er auch nicht vorgehabt hätte, heute einen Marathon zu laufen.

»Was machst du eigentlich mit deinem Personal Trainer?«, fragte seine Frau.

Darauf gab Raimund lieber keine Antwort.

»Schon wieder so eine schöne Aussicht«, freute sich die Reitingerin, als sie auf einen der Aussichtsfelsen hinaustrat. Sie atmete tief durch. »Und die frische Luft. Und der schöne Schnee.«

Tatsächlich schneite es wieder ein bisschen, und die Welt sah aus wie mit Puderzucker verziert.

»Du bist aber leicht zufriedenzustellen«, brummte Raimund, und Therese konterte auf ihre Weise: »Genieße, was dir Gott beschieden, entbehre gern, was du nicht hast.«

»Das kenne ich«, rief Annegret. »Das stand früher in meinem Poesiealbum!«

»Aber das reimt sich doch gar nicht!«, kritisierte ihr Mann.

»Weil's noch nicht zu Ende ist«, erklärte ihm die Reitingerin.

»Ich hab vergessen, wie's weitergeht«, seufzte Annegret, und

Therese zitierte unverdrossen weiter: »Ein jeder Stand hat seinen Frieden, ein jeder Stand hat seine Last.«

»Genau!«, rief Annegret. »Ein jeder Stand hat seine Last.«

Raimund warf einen bösen Blick auf Thomas, der mit seiner Digitalkamera hantierte. »Ich hab zwar kein Poesiealbum gehabt früher, aber was Anstand und Treue sind, das weiß ich auch!«

»Das bezweifelt doch keiner, Raimund«, sagte seine Frau und hängte sich bei ihm ein.

Thomas ging ein Stück weiter und betrachtete die Stelle, an der Degenhardt eigenen Angaben zufolge gestoßen worden war. Der Bürgermeister hatte Glück gehabt, befand er, das hätte auch böse ausgehen können, sehr böse. Wäre er mit dem Kopf gegen einen der aus dem Boden herausragenden Felsen geknallt ... das hätte mehr gegeben als nur eine Gehirnerschütterung. Unwillkürlich musste er an Kallmünz und den Unfall von Florian Gnadl denken.

Er machte ein paar Fotos vom Weg, von der Aussicht, von der Stelle, wo Degenhardt gestürzt war. Dann fiel ihm ein, dass der Bürgermeister angeblich auch Fotos gemacht hatte. Er notierte sich, dass er ihn bitten wollte, ihm diese Bilder mal zu zeigen. Vielleicht war etwas Interessantes darauf zu sehen.

»Wir könnten noch nach Bad Abbach fahren und einen Kaffee trinken«, schlug Thomas vor, aber da geriet er bei seinem Schwiegervater an den Falschen.

»Nein! Wir fahren nach Hause. Zu meiner Tochter.« Wieder ein Blick auf Thomas.

»Bist müde nach der kurzen Nacht«, mutmaßte seine Frau. »War doch drei Uhr, bis du eingeschlafen bist.«

Haberland grummelte nur, vermutlich konnte er sich nicht mehr so genau erinnern.

»Du hast mir aus deiner Jugend erzählt.« Annegret genoss es, mehr zu wissen als ihr Mann, der beharrlich schwieg. »Dass du damals mit der vom Gegenfurtner zusammen warst, das war mir neu. Und das nach mehr als dreißig Jahren Ehe!«

Thomas und seine Mutter grinsten sich an.

»Vor der Ehe, wohlgemerkt. Das war vor der Ehe!«, rief Raimund.

»Was hast denn schon wieder?«, fragte seine Frau verwundert nach.

Als sie in Stadtamhof ankamen und die Wohnung betraten, hielt Lisa Thomas den Telefonhörer hin.

»Der Hitzlkofer. Scheint dringend.«

Thomas nahm das Gespräch entgegen, während seine Mutter und die Schwiegereltern mit Lisa weiter ins Wohnzimmer gingen und vom Neujahrsausflug erzählten.

»Der Morawitz war vielleicht sauer, dass du da warst. Der hat mich ganz schön in die Mangel genommen.«

»Und der Fehrendanz?«

»Der war ganz ruhig.«

Das ist die Arbeitsteilung, dachte Thomas. Einer spielt den Bösen, und der andere tut recht gelassen, good guy, bad guy hieß das Spiel.

»Willst denn immer noch verkaufen, Rudi?«

»Ich bin ja gerne Wirt, aber meine Frau, die packt das nicht mehr so.«

Thomas schwieg und dachte nach.

Hitzlkofer legte nach: »Und er zahlt wirklich gut.«

»Wieviel?«

»Darf ich nicht sagen.«

»Du weißt, dass er erst ein Wirtshaus in Kallmünz kaufen wollte.«

Hitzlkofer schwieg.

»Einer von den Gegnern hatte einen Unfall und ist an den Folgen gestorben.«

Rudi Hitzlkofers Antwort klang trotzig. »Ich leb noch und mir geht's gut.«

Thomas wurde ungeduldig: »Rudi, *du* hast mich angerufen, als Fehrendanz und der Makler bei dir waren. Du wolltest doch unbedingt, dass ich sie mir anschaue. Ich hab mich nicht aufgedrängt.«

Hitzlkofer wurde ganz leise: »Meine Frau will weg. Einen Tag denk ich, das ist eine gute Gelegenheit, das alte Zeug loszuwerden, den anderen Tag tut's mir leid.«

»Ich glaube, dass dieser Fehrendanz nicht ganz sauber ist.«

»Ich habe einen Anwalt gefragt und der sagt, der Kaufvertrag wäre in Ordnung.«

»Liegen eigentlich schon Umbaupläne bei der Gemeinde?«

»Das weiß ich nicht und das ist mir auch egal.«

Ich muss mit Degenhardt reden, dachte Thomas.

Nach dem Essen verabschiedete sich Therese Reitinger, sie wollte sich etwas ausruhen. Auch die Schwiegereltern zogen sich zu einem kleinen Nickerchen zurück.

»Leg dich ruhig hin, ich räum schon auf«, schlug Thomas seiner Frau vor.

»Ist dir gar nicht aufgefallen, dass mein Vater sauer auf dich ist?«

»Er war schlecht gelaunt, das stimmt.«

»Er hat dich mit einer jungen Frau in Donaustauf gesehen. Du hast ihren Kinderwagen geschoben.«

»Das ist die Tochter der ermordeten Kreispolitikerin ...«

»Das weiß aber mein Vater nicht.«

Allmählich dämmerte es ihm, als er Lisas amüsiertes Lächeln sah. »Er denkt tatsächlich, das Kind ist von mir?«

»Ich hab's ihm nicht ausreden können.«

»Du Arme.«

Thomas nahm seine Frau in die Arme. Lisa lehnte sich an ihn.

»Ich habe tausend Gedanken im Kopf, wie das wird, wenn wir Eltern sind«, sagte er leise.

»Und ich mache tausend Sachen, um mich abzulenken«, antwortete Lisa und zeigte auf einen Stapel Papiere auf dem Wohnzimmertisch.

»Du hast gearbeitet?«

»Ich habe im Netz gesurft und einen Bericht gefunden von einem, der lange Zeit bei *Our Way* war und dort eine Menge Seminare mitgemacht hat.«

Lisa drückte ihm ein paar Blätter in die Hand.

»Er schreibt, dass ihm das am Anfang unheimlich geholfen hat. Er war immer so unsicher, wenn er in der Firma bei einer Sitzung seine Arbeit oder die Ergebnisse präsentieren sollte. Mit den Seminaren sei das besser geworden. Er habe gelernt, sich vor eine Gruppe Menschen zu stellen und zu reden. Er sei selbstbewusster geworden.«

»Also ist Fehrendanz ein guter Coach.«

»Aber sehr teuer. Eine Woche Unterkunft, Vollpension und Kursgebühren, dafür immer Urlaub nehmen, dann die Studienmaterialien, die Fehrendanz noch verkauft, das ging ins Geld.«

»Man kann doch aufhören, wenn's einem reicht.«

»Wenn das stimmt, was er schreibt, dann ist das gar nicht so einfach. Jeder Kurs ist eine eingeschworene Gemeinschaft. Eine Gruppe von Fehrendanz-Jüngern, die von Seminar zu Seminar mehr zusammenwächst. Wer rauswill, hat gleich alle anderen gegen sich.«

»Psychodruck, also.«

Lisa nickte: »Der Meister macht sich nicht mal die Finger schmutzig. Das machen die Kursteilnehmer selbst.«

Thomas dachte nach. Er blätterte in den Unterlagen und las: »Nächtliche Telefonanrufe, Besuche von Freunden aus der Gruppe, dann Isolation, Angriffe auf das eigene Selbstbewusstsein, auch ein paar anonyme Infos an den Arbeitgeber ...«

Thomas deutete auf das Seminarhaus im Harz, das dort abgebildet war. »So was soll das Wirtshaus in Helmering auch werden. Nur dass es der Meister nicht selber leitet, sondern der Bruder der Freundin.«

Lisa blätterte in den Unterlagen von Frau Gnadl. »Die Dirschls hatten übrigens früher eine große Baufirma in Straubing, wusstest du das?«

»Die Frau ist bestimmt eine gute Partie, wenn sie mal erbt«, murmelte Thomas.

»Gaby Dirschl hat schon geerbt. Vor drei Jahren ist ihr Vater überraschend gestorben. Ihre beiden Brüder führen die Baufirma weiter, aber sie hat sich auszahlen lassen und ist mit dem Geld weg.«

Thomas blätterte nach. »Vor drei Jahren hat Fehrendanz das Haus im Harz gekauft und sein Haus in Wuppertal ausgebaut.«

Lisa sah ihn stolz an: »Was sagst du jetzt?«

»Weißt du, woran der Vater gestorben ist?«

»Thomas, manche sterben einfach so.«

Stimmt, dachte Thomas, aber er blieb skeptisch. Und was hat das alles mit dem Mord an Marita Hauner zu tun? Vermutlich gar nichts.

8. Kapitel

Thomas hörte Stimmen, dann das Fallen eines Gegenstandes und ein »Pst«. Zum ersten Mal seit Tagen waren die Schwiegereltern vor ihm aufgestanden. Er tastete neben sich. Lisa war auch schon weg. Das hatte er gar nicht mitbekommen.

Er zog sich das Kissen über den Kopf. Dennoch hörte er dieses halblaute Flüstern, mit dem Leute zeigen, dass sie sich bemühen, leise zu sein, es dann aber doch nicht sind.

»Der Koffer war nicht so schwer, wie wir gekommen sind.«

»Das bildest du dir nur ein.« Das war Annegret.

»Jetzt seid leise, Thomas schläft noch.« Das war Lisa.

»Allmählich könnte er aber aufstehen, es ist schon halb neun.« Der Schwiegervater.

Thomas drehte sich noch einmal um. Er hatte die letzten Tage ständig Semmeln zum Frühstück geholt, den Tisch gedeckt. Er würde sich doch auch mal ein Stündchen mehr Schlaf gönnen dürfen. Hart arbeitender Journalist, der er war. Außerdem: Jede Minute, die er hier lag, musste er nicht mit seinen Schwiegereltern verbringen. Er mochte sie ja, aber jetzt war's auch genug.

»Ich mag sie wirklich, aber jetzt hat's mir gereicht«, sagte auch Lisa, als sie zwei Stunden später unten an der Straße standen und dem Wagen nachwinkten, der sich auf den Weg Richtung Passau machte.

Thomas legte den Arm um sie und grinste: »Das nächste Mal buchen wir ihnen ein Hotelzimmer.«

»Was hat dir denn mein Vater da zum Abschied zugezischt?«, fragte Lisa.

»Ein Mann muss wissen, wo er hingehört.«

Lisa lachte lauthals. »Ich habe mir wirklich alle Mühe gegeben ihm auszureden, dass du mit einer anderen Frau ein Kind hast, aber er dachte, ich sei einfach naiv und blind.«

»Und was hat er dir mit auf den Weg gegeben?«

»Dass wir bald mit dem Personal Training anfangen sollen.«

Da fiel Thomas ein, dass er das Tennismatch mit Helene Wieland vergessen hatte.

Marita Hauners Freundin war noch nicht wieder zu Hause.

»Sie hat schon irgendeinen Tennispartner gefunden, glauben Sie mir«, sagte ihr Mann am Telefon, nachdem Thomas ihm sein Problem geschildert hatte.

Vermutlich einen besseren als mich, dachte Thomas, nutzte aber die Gelegenheit, auch mit Alois Wieland über die Verstorbene zu reden.

»Sie haben Marita Hauner sicherlich auch gut gekannt.«

»Schon.«

»Alle sagen nur Gutes über sie.«

»Ich kann Ihnen auch nichts anderes erzählen.«

Damit legte er auf. Aus manchen Menschen war einfach nichts rauszukriegen.

Lisa blätterte in dem Reiseführer über Argentinien, den Thomas ihr zu Weihnachten geschenkt hatte mit dem heiligen Versprechen, dieses Jahr mit ihr dort drei Wochen Urlaub zu machen.

»Wird wohl nichts werden«, sagte sie.

»Vielleicht schaffen wir es noch – Ostern zum Beispiel.«

Lisa sah nicht sehr überzeugt aus. »Ich wäre schon froh, wenn wir eine Woche Rom oder Paris schaffen würden.«

»Beides«, meinte Thomas etwas großspurig, und als er Lisas überraschten Blick sah, lächelte er ein bisschen verkrampft: »Ich glaube, ich wäre im Moment überall lieber als hier. Denn allmählich blicke ich überhaupt nicht mehr durch bei all diesen Geschichten. Marita Hauner, Degenhardt, Fehrendanz, die Wirtshäuser ...«

»Hat es überhaupt noch etwas mit der Umgehungsstraße zu tun?«

Thomas zuckte die Schultern. »Ich vermute einen Zusammenhang, aber ich finde ihn nicht.«

»Sei mir nicht böse, aber mir ist die Verbindung auch nicht klar.«

Thomas blickte auf die Unterlagen von Frau Gnadl, die wieder einmal auf dem Tisch ausgebreitet waren. »Ich komme einfach nicht voran. Und dann geht's in der Redaktion auch noch drunter und drüber.«

Thomas erzählte seiner Frau von Aschenbrenner und dessen Bemühungen, seine Geschichte über Jeannette und ihre Kunden an eine große Boulevardzeitung zu verkaufen.

»Sei froh, vielleicht wirst du ihn auf diese Weise los«, sagte Lisa.

»Du meinst, die kaufen nicht nur die Geschichte, sondern auch den Typen, der sie ihnen anbietet?«

»Warum nicht? Aschenbrenner wäre im Boulevard sicherlich besser aufgehoben als bei euch.«

»Die merken doch gleich, dass der nichts auf dem Kasten hat, sondern nur schmutzige Details anschleppt.«

»Manche Zeitungen leben doch von diesen Details.«

Lisa drängte ihn geradezu, nach Helmering zu fahren und seine Recherchen fortzusetzen.

»Ich brauche meine Ruhe, und du hast eine Menge zu tun. Also halte ich mich still, und du gehst arbeiten.«

»Du kannst doch nicht die ganze Zeit hier herumsitzen.«

»Deine Mutter hat ihren Besuch angekündigt. Sie will mit mir ein bisschen spazieren gehen.«

»Ich fürchte eher, sie will dich aushorchen.«

Lisa wirkte überrascht: »Du denkst, sie ahnt etwas?«

»Zutrauen würde ich es ihr.«

Bevor er ging, sah er seine Frau noch einmal fragend an. »Wenn jemand sagt, Frau Hauner sei eine lebenslustige Frau gewesen – wie würdest du das auslegen?«

»Es klingt nicht so, als wäre sie mit Politik und guten Werken allein zufrieden gewesen.«

Thomas überlegte einen Moment.

»Wer hat denn das über sie gesagt?«, fragte Lisa nach.

»Ihre Chefin.«

»Warum fragst du sie nicht direkt, ob Frau Hauner eine Affäre hatte?«

Thomas grinste: »Dieses Misstrauen hast du von deinem Vater. Der sieht auch überall Affären.«

»Fragen kostet nichts. Und gehört zu deinem Beruf, mein Held.«

Sie lachte. Er nicht.

Hartmut Degenhardt war bereits aus dem Krankenhaus entlassen, musste sich aber noch schonen. Er freute sich über Thomas' Besuch. Immerhin hatte er es ihm zu verdanken, dass er die letzten Tage mehrmals in der Zeitung war, als Opfer einer bösen Intrige, mit der seine makellose Politik unterlaufen werden sollte. Zumindest hatte er die Artikel so gelesen. Eigentlich stand nur drin, dass er auf dem Max-Schultze-Steig verunglückt war und selbst behauptete, ihn habe jemand gestoßen. Aber Degenhardt war froh, dass ihm überhaupt ein Mensch außerhalb seiner Familie glaubte, dass es ein Überfall und kein Unfall war – oder zumindest versuchte, ihm zu glauben.

Thomas zeigte Degenhardt die Fotos, die er selbst auf dem Max-Schultze-Steig gemacht hatte. »Da war's, oder? Da sind Sie gestürzt.«

Degenhardt sah konzentriert auf das Bild, dann nickte er. »Genau da.«

»Der Radler ist gekommen, er hat ... was?«

Hartmut Degenhardt stand auf und machte es Thomas vor.

»Er hat mich angerempelt, als ich gerade mit meiner Kamera hantierte.«

»Wenn es ein gezielter Anschlag war ... woher hat der Radfahrer gewusst, dass Sie dort spazieren gehen?«

»Er muss mich beobachtet haben, vielleicht schon seit Tagen.«

»Viel Aufwand, um jemanden zu verletzen.«

»Glauben Sie nicht mehr an einen Zusammenhang mit dem Mord an Marita Hauner?«

Thomas starrte auf seine Fotos, weil er Degenhardt nicht ins Gesicht sagen wollte, dass er nicht mehr so sicher war, ob es wirklich einen Anschlag auf den Bürgermeister gegeben hatte.

»Sie haben doch selber auch Fotos gemacht.«

Degenhardt nickte. »Den Apparat habe ich fallen lassen, als ich gestürzt bin. Aber es ist ihm nicht viel passiert. Meine Frau hat ihn später geholt, nachdem sie den Notarzt verständigt hatte und ...«

»Haben Sie sich die Fotos schon mal angesehen?«

Degenhardt schüttelte den Kopf. »Ich bin doch gerade erst aus der Klinik nach Hause gekommen.«

»Können wir uns jetzt die Bilder ansehen?«

Degenhardt zog die Fotos von seiner teuren Digitalkamera auf den PC, dann ging er gemeinsam mit Thomas ein Foto nach dem anderen durch. Landschaft, Felsen, Weite, Wald, Stimmung, Natur, alles war drauf. Dann auf einmal ...

»Moment – gehen Sie noch einmal zurück.«

»Da bin ich anscheinend schon hingefallen, das ist ganz verwackelt und das Motiv ist auch völlig unklar.«

»Aber da unten ...«

Am linken Rand des Fotos war etwas Buntes zu sehen.

»Sieht aus wie ein Teil eines lila Luftballons«, meinte Degenhardt.

»War denn ein Kind in der Nähe?«

Degenhardt überlegte. »Ich hab keines gesehen. Meine Frau und meine Kinder waren ja schon vorausgegangen.«

Thomas starrte auf den Bildschirm.

»Darf ich mal?«, fragte er und vergrößerte das Bild.

»Es ist was Rundes«, brummte Thomas. »Ein Ballon, ein Ball, eine Kugel ... Auf jeden Fall lila.«

»Ich habe im Fallen wohl den Auslöser gedrückt und da kommen eben solche Bilder zustande.« Degenhardt klang leicht angenervt.

»Drucken Sie es doch mal aus.«

Thomas sah sich den Ausdruck genauer an. Ein unscharfer lila Klecks. Frustriert legte er das Bild beiseite.

»Bringt auch nichts, oder?«, meinte Degenhardt, und Thomas schüttelte entmutigt den Kopf.

Zwei Themen wollte er noch ansprechen. Einmal das Wirtshaus und dann die Mauschelei Degenhardts mit Landinger, die vermutlich zu seinem Meinungswechsel beim Thema Umgehungsstraße geführt hatte. Er fing mit dem einfacheren Thema an.

»Warum hat die Gemeinde nichts unternommen, als bekannt wurde, dass Hitzlkofer sein Wirtshaus schließen will?«

»Wir haben es erst sehr spät erfahren. Da hatte der Wirt schon längst Kontakt mit dem Immobilienmakler aufgenommen.«

»Aber noch ist nichts verkauft. Man kann doch immer noch etwas machen.«

»Wir haben im Gemeinderat überlegt, ob wir Hitzlkofer finanziell unterstützen können, ob wir nicht selbst das Wirtshaus erwerben... Aber das ist einfach nicht drin.«

Thomas wirkte etwas verblüfft. »Ich habe nichts über diese Ideen in unserer Zeitung gelesen.«

»Es ist nicht meine Schuld, wenn Sie und Ihre Kollegen nicht zu den Sitzungen unseres Gemeinderates kommen. Das müssen Sie schon redaktionsintern klären.«

Ein Punkt für ihn, dachte Thomas.

»Natürlich haben wir darüber beraten. Wir wollen doch alle, dass Helmering nicht seine Mitte verliert.« Jetzt wurde Degenhardt salbungsvoll.

»Früher war die Kirche die Mitte des Dorfes, nicht das Wirtshaus«, hielt Thomas dagegen, und Degenhardt musterte ihn mit süffisantem Blick.

»Ich sehe Sie öfter im Wirtshaus, Herr Reitinger.«

»Sie sind doch selbst kein Kirchgänger.«

»Dann haben wir ja was gemeinsam.«

Sie lächelten sich an, was bislang selten vorgekommen war.

»Haben Sie einmal mit diesem Fehrendanz gesprochen?«

Degenhardt schüttelte den Kopf. »Ich habe mehrfach versucht, an diesen Mann heranzukommen. Aber ich bin immer wieder bei diesem Makler gelandet.«

»Bei Morawitz?«

Degenhardt nickte: »Ich glaube, dass sich der Fehrendanz von ihm abschirmen lässt.«

»Ich habe diesen Motivationsguru bei Hitzlkofer getroffen.« Thomas freute sich, dass er dem Bürgermeister etwas voraus hatte. »Wussten Sie, dass er mit einer Straubingerin liiert ist? Gaby Dirschl.«

Degenhardt staunte nicht schlecht. »Die Tochter vom Bauunternehmer?«

»Sie kennen die Firma?«

Degenhardt lachte: »Jeder, der in dieser Gegend Aufträge zu vergeben hatte, kannte die Dirschls. Eine Topadresse, bis vor einigen Jahren. Dann starb der Alte, die beiden Söhne übernahmen den Betrieb.«

Thomas hielt mit seinem Wissen dagegen. »Die Tochter hat sich damals auszahlen lassen, als ihr Vater starb.«

»Das war vielleicht das Klügste, denn die anderen beiden sind mit ihrem Erbe nicht sehr glücklich geworden. Einer hat sich umgebracht, der andere hat zu trinken begonnen. Irgendwann wurde die Firma verkauft, und der letzte Dirschl verschwand aus Straubing.«

»Aber jetzt ist er wieder aufgetaucht – und soll in Helmering das Seminarhaus leiten.«

Degenhardt riss die Augen auf: »Ich dachte, das macht dieser Fehrendanz.«

»Der gibt nur Kurse.«

Degenhardt machte sich eine Notiz.

»Reden Sie noch einmal mit dem Hitzlkofer?«, bohrte Thomas nach. »Vielleicht ist ja noch was zu machen.«

Degenhardt antwortete nicht, sondern stand auf, die Audienz war aus seiner Sicht beendet. »Im Moment ist mir wichtiger, dass der Attentäter gefasst wird.«

»Vielleicht war's der Bauer Landinger.« Thomas schoss einfach einen Testpfeil ab. Tatsächlich zuckte Degenhardt zusammen.

»Sie haben ihm doch versprochen, dass der Staat quasi das Elternhaus seiner Frau kauft, weil das direkt an der Trasse stehen würde, wenn die Umgehungsstraße käme.«

»Wer behauptet das?«

Rhetorische Frage, dachte Thomas. Nicht ablenken lassen.

»Dann haben Sie gemerkt, dass Sie dieses Versprechen nicht halten können. Und dass Landinger Ihnen Ärger machen wird. Prompt waren Sie gegen diese Trasse.«

»Wenn Sie das schreiben, mache ich Ihnen die Hölle heiß!«

Vorbei war es mit dem kurzfristigen Einverständnis zwischen Journalist und Bürgermeister.

Als er durch den Ort fuhr, sah er Hitzlkofer, der ihm in seinem alten Lieferwagen entgegenkam. Thomas blendete kurz auf, blieb stehen, auch Hitzlkofer hielt an, beide öffneten die Fenster der Fahrertür und unterhielten sich, ohne auszusteigen, mitten auf der Straße.

»Wo kommst du denn her?«, fragte Thomas.

»Ich hab die Zimmer in unserem neuen Häusl ausgemessen.«

»Wollt ihr denn hier wegziehen?« Thomas war überrascht.

»Glaubst du, ich verkaufe mein Sach hier und setze mich dann nach Helmering und schau mir jeden Tag an, was aus meinem Wirtshaus geworden ist?«

»Wo geht's denn hin?«

»Es ist in der Nähe von Straubing. Die Dirschl-Tochter hat da ein paar Häuser geerbt, und der Makler vom Fehrendanz kümmert sich drum.«

»Das ist ja ein richtiger Rundumservice. Der Morawitz kauft dein Wirtshaus für den Fehrendanz und besorgt dir gleich ein neues Haus.«

»Meine Frau ist aus Geiselhöring, die will wieder in die Gegend.«

Hinter Hitzlkofer hupte ein Autofahrer. Er nickte noch kurz zum Thomas, dann machte er das Fenster zu und fuhr weiter.

Thomas war seit Jahren nicht mehr in Straubing gewesen. Aber er wusste, wer ihm weiterhelfen konnte. Ein früherer Kollege arbeitete jetzt dort bei der Zeitung.

»Matthias, servus.«

»Mensch, der Reitinger. Von dir hab ich ja ewig nichts gehört.«

»Wie geht's dir?«

»Deswegen rufst du doch nicht an. Sag mir lieber, was du brauchst.«

Thomas hörte es in seinem Handy klopfen. Ein Anruf. Oder eine Nachricht auf der Mailbox. Es nervte ihn.

»Das stimmt schon, was du sagst«, sagte Zottl, als Thomas ihn nach der Familie Dirschl fragte. »Erst ist die Frau gestorben, dann der Alte, und die Kinder waren auf einmal reich. Ich denke, alle waren froh, dass er tot war, denn der alte Dirschl war ein gnadenloser Tyrann.«

»Die Tochter ist weggegangen, oder?«

»Die beiden Buben wollten die Firma weiterführen. Die Gaby hat ihren Anteil genommen, Geld und Häuser, und ist fort. Da war irgendein smarter Typ, der hat ihr angeblich alles Mögliche versprochen.«

»Achim Fehrendanz.«

»Kann schon sein, das habe ich nicht so verfolgt.«

»Warum hat sich einer der Söhne erhängt?«

»Das weiß niemand so genau. Aber die Burschen waren beide keine so guten Geschäftsleute wie der Alte. Die Sache ist ihnen über den Kopf gewachsen. Den Karl haben sie wegen Depressionen behandelt, der andere wollte ihn irgendwann wegsperren lassen - und da hat er sich umgebracht. Übrig geblieben ist der Walter - und der hat das Saufen angefangen.«

»Aber der scheint sich doch wieder gefangen zu haben.«

»Der Walter ist zu seiner Schwester und deren Freund ... wie heißt der gleich wieder?«

»Fehrendanz.«

»Ich habe gehört, dass viele Leute ganz beeindruckt sind, weil der Typ es mit seiner Methode geschafft hat, dass der Walter das Saufen aufhört und wieder arbeitet.«

Erst jetzt fiel Thomas auf, dass er nicht wusste, wo und wie man Fehrendanz eigentlich erreichen konnte. Von Morawitz gab es eine Adresse in Nürnberg, aber Fehrendanz ließ sich, wie Degenhardt festgestellt hatte, gut abschirmen. Bei Hitzlkofer hatte er ihn nur erreicht, weil der Wirt ihm einen Tipp gegeben hatte.

»Sind die jetzt in Straubing?«

»Ich dachte, die wohnen ganz woanders.«

»Fehrendanz will hier ein Wirtshaus kaufen und daraus ein Seminarzentrum machen. Walter Dirschl soll es leiten.«

»Ich höre mich um. Und wenn was ist, ruf ich dich an.«

Thomas hörte seine Nachrichten ab.

»Hier ist deine Frau ...«

Mensch, war die wütend. Das konnte Thomas gleich hören. Zu Recht. Er war wieder unterwegs und nicht erreichbar.

»Schön, dass du ein neues Handy hast. Schade, dass du es nicht benutzt. Sonst könnte ich dir jetzt sagen, dass eine Frau Wieland angerufen hat. Du warst mit ihr verabredet zum Tennis und hast sie versetzt. Ich wusste gar nicht, dass du wieder Tennis spielst. Auf jeden Fall ist sie stinksauer. Ich auch.«

Ende der Durchsage. Thomas schluckte. Hörte den nächsten Anruf ab.

»Hier ist Jana Meyerbeer. Schade, dass du dein Handy nicht anhast. Ich könnte dir etwas Neues sagen.«

Thomas rief zurück, aber die Kommissarin war ungnädig. »André und ich sind gerade beim Joggen. Lass uns morgen telefonieren.«

Thomas fuhr zum Bahnhof, kaufte einen großen Blumenstrauß mit vielen Rosen und machte sich dann auf den Heimweg.

»Das mit dieser Frau Wieland kann ich erklären. Sie ist eine Freundin von Marita Hauner, ich wollte mit ihr reden.«

Lisa sah ihn weniger böse als vielmehr verständnislos an. »Da ist Tennis aber der falsche Sport.«

Eine Weile schwiegen sie beide, Streit lag in der Luft.

»Gefallen dir die Blumen?«, fragte Thomas etwas hilflos.

»Sie wären schöner, wenn nicht aus jeder Blüte dein schlechtes Gewissen herausschauen würde.«

Thomas inspizierte die Blumen genauer. »So dumm wie ich können die gar nicht schauen.«

Lisa schmunzelte.

»Hoffentlich kriegt unser Kind mehr von dir als von mir mit«, sagte Thomas und fand, das sei ein tolles Kompliment.

»Vielleicht kann dir unser Kind in ein paar Jahren schon erklären, wie dein neues Handy funktioniert?«

Thomas fand diesen Spruch nicht so witzig wie seine Frau, aber er versprach, künftig sein Handy anzulassen, wenn er schon ständig unterwegs war.

Auf dem Wohnzimmersofa lag ein Strickpullover. »Offenbar war meine Mutter da«, kombinierte Thomas und probierte ihn gleich an.

Lisa nickte: »Sie hat mir erzählt, wie du als kleiner Bub warst.«

»Also ahnt sie was.«

»Ich sag's ihr nicht. Das machen wir gemeinsam.«

»Freilich.«

»Wenn du mal wieder Zeit hast.«

Schweigen. Thomas machte einen neuen Versuch.

»Was habt ihr so gemacht?«

»Thomas, das interessiert dich doch nicht wirklich, oder?«

In diesem Moment brummte sein Handy.

»Wenn du jetzt drangehst ...«

Er tat es nicht. Er wollte endlich auch seine Ruhe haben.

9. Kapitel

Zur Abwechslung hatte Lisa mal Heißhunger, und da Küche und Kühlschrank nicht viel hergaben und außerdem beide überhaupt keine Lust zum Kochen hatten, gingen sie am Abend schön essen.

Thomas bestellte gleich eine Flasche Wein, als hätte er vergessen, dass seine Frau ein Kind erwartete. Während Vorspeise, Hauptgericht und Nachtisch – Lisa bestand auf dem vollen Programm – leerte er die Flasche so nach und nach. Ein bisschen dem Alkohol entwöhnt wurde er redselig und begann, von der Zeit zu schwärmen, wenn sie erst zu dritt wären.

»Ich nehme dann Elternzeit.«

»Das will ich schriftlich«, meinte Lisa trocken.

»Meinst du nicht, es ist schöner, sich mit unserem Kind zu beschäftigen als mit Aschenbrenner?«

»Mal sehen, ob du das morgen noch so siehst, wenn du nüchtern bist.«

»Ich bin doch nicht betrunken.«

Lisa sah seine roten Backen, den Glanz in seinen Augen und sie lachte. »Kommt deine Geschwätzigkeit vom Essen?«

Einen Moment war er beleidigt. Er wusste, dass er mehr redete, wenn er ein bisschen zu viel getrunken hatte, aber er fühlte sich selbst topfit – trotz der leeren Weinflasche.

So malte er aus, was er mit dem Kind alles unternehmen wollte bis hin zum Fußballspielen. Lisa widersprach nicht mehr, sondern hörte ihm amüsiert zu, vielleicht insgeheim auch erleichtert, dass allmählich ein bisschen Vorfreude aufkam und nicht nur Beklommenheit und Unsicherheit herrschten.

»Kann man schon was sehen auf einem Ultraschallbild?«, wollte Reitinger wissen, als er seine schwungvollen Ausführungen über sein Leben als Vater beendete.

»Ich mache morgen einen Termin. Und ich muss bei der Genossenschaft anrufen«, sagte Lisa.

»Soll ich das für dich machen?«

»Danke, das kann ich schon allein.«

»Wenn sie dich nicht nehmen, haue ich die in der Zeitung dermaßen in die Pfanne ...«

»Bring du erst einmal Ordnung in deinen Mischmasch aus Mord, Wirtshaus und Umgehungsstraße.«

Diese Bemerkung holte Thomas auf den Boden der Tatsachen zurück. Auf einen Schlag ernüchtert. Aber nicht nüchtern.

Erst am nächsten Morgen machte er sein Handy wieder an.

Zwei Nachrichten auf der Mailbox.

Die erste war von Christina. Sie würde später in die Arbeit kommen, kündigte sie an. Die zweite war von der Kommissarin.

»Wir könnten zusammen frühstücken. Dann erzähle ich dir auch, was es Neues gibt. Melde dich.«

Sie trafen sich im Orphée.

Jana Meyerbeer bestellte ein großes Frühstück, Thomas nur Kaffee.

»Zahlt das der Verlag?«, fragte Jana, als die Bedienung eine Unmenge von Köstlichkeiten vor ihr ausbreitete.

»Auf jeden Fall bist du eingeladen.«

»Und du bist auf Diät?«

»Ich bin gestern nicht gejoggt, so wie du.«

Gerne hätte er gewusst, was denn André machte, dass sie so einfach an einem Sonntagmorgen aus dem Haus zu locken war, aber sie hatte seine Gedanken erraten.

»André ist heute schon sehr früh zu einer Bergtour aufgebrochen.«

»Ohne dich.«

»Ich muss arbeiten. Wir haben Herbert Hauner festgenommen.«

Jana grinste, als sie Thomas' Verblüffung sah. Diese Überraschung war ihr gelungen.

»Ist er verdächtig?«

»Er hat gestanden.«

Jana Meyerbeer tupfte sich mit der Serviette den Mund ab, schluckte und begann zu erzählen. »Marita Hauner hatte seit einigen Wochen eine Affäre.«

Also doch, dachte Thomas. »Woher wisst ihr das, von ihrem Mann?«

»Eine Freundin von Frau Hauner hat uns den Tipp gegeben.«

»Helene Wieland?«

Jana sah ihn sehr erstaunt an. »Du kennst sie?«

Ich hätte doch mit ihr Tennis spielen sollen, dachte Thomas. »Wer ist der Liebhaber?«

»Ein reicher Geschäftsmann. Um die 60 Jahre. Zur Kur in Bad Abbach.«

»Und lernte hier Marita Hauner kennen und lieben.«

»Helene Wieland meinte, ihre Freundin habe es schwer erwischt. Sie wollte mit dem anderen Mann ein neues Leben beginnen.«

»So schnell?«

»Ihr Mann hat gestanden, dass er völlig außer sich war. Sie hat es ihm erst nach Weihnachten gesagt. Dass sie diesen anderen Mann liebe, jetzt zu ihm gehe, nie wiederkomme, ein neues Leben beginne. Dann ist sie gegangen.«

»Draußen wartete der andere Mann.«

»Nein, ein Taxi. Sie stieg ein und fuhr weg.«

»Ihr Mann folgte ihr.«

»Er sagt, er habe sich erst einmal hingesetzt und vor sich hingestarrt. Dann geweint.«

»Vermutlich hat er dann mit seiner Tochter gesprochen.«

»Nein, die ist aus allen Wolken gefallen, als wir ihren Vater abgeholt haben.«

»Denkst du wirklich, er ist seiner Frau gefolgt und hat sie erwürgt?«

»Er war gedemütigt, verzweifelt und außer sich. Er liebte sie sehr, die Trennung war für ihn ein Schock, das Ende seines Lebens.«

Thomas bestellte sich noch einen Kaffee und dazu ein Croissant.

»Doch Hunger?«, schmunzelte die Kommissarin.

»Es sieht so gut aus.«

»Für ein Croissant musst du aber lange Sport machen.«

»Verdirb's mir nicht schon, bevor ich damit angefangen habe.«

Thomas krümelte mit seinem Croissant vor sich hin und dachte nach. »Was ist mit dem Liebhaber – wie hieß er gleich?«

»Netter Versuch, Thomas. Aber für diese Info ist es noch ein bisschen früh.«

Sein bittender Blick half nichts.

»Ich will nicht, dass du dich vor uns an ihn ranmachst.«

»Du hast doch sicher schon mit ihm geredet.«

»Wir sind mit den Ermittlungen noch nicht fertig.«

»Vielleicht hat er Marita Hauner erwürgt.«

»Er hat kein Motiv. Sie liebte ihn und wollte mit ihm leben.«

Niemand war da, als Thomas in die Redaktion kam. Er schrieb seinen Artikel über das Geständnis des Ehemannes und überlegte, was dies nun wohl für den Fall Degenhardt zu bedeuten habe. Denn mit der Umgehungsstraße hatte das alles gar nichts mehr zu tun.

»Was soll ich machen?«, fragte Christina. Sie stand plötzlich in der Tür.

»Du bist spät.«

»Ich hab dich angerufen. Außerdem ist Aschenbrenner auch noch nicht da«, meinte sie frech.

Erst jetzt fiel Thomas auf, dass der Kollege fehlte. »Wo ist er?«

»Woher soll ich das wissen?«, fragte Christina spitz. »Ich bin nicht mit ihm befreundet.«

Dabei sah sie Thomas über die Schulter, las auf dem Bildschirm seinen Artikel. »Sie haben den Mörder? Super.«

»Einen Verdächtigen«, korrigierte Thomas.

»Der war's. Garantiert. Komisch nur, dass du ihn nicht geschnappt hast«, grinste sie.

»Mach bitte den Polizeibericht«, trug er ihr auf.

»Typisch! Die Verkehrsunfälle und Einbrüche mach ich - und du?«

»Ich rufe bei Aschenbrenner an und werfe ihn aus dem Bett.«

Beide wählten.

Bei Aschenbrenner ging niemand dran. Christina hatte sich auf dem Tisch gesetzt, baumelte mit den Beinen, hielt den Hörer ans Ohr.

»Aha. Echt? Wow. Moment, ich ruf Sie gleich noch mal an.«

Sie legte auf und sah Thomas mit großen Augen an. »Der Aschenbrenner ist letzte Nacht vermöbelt worden. Der liegt mit einer gebrochenen Nase im Krankenhaus.«

Thomas sah die Praktikantin betroffen an. Was auch immer er dem Aschenbrenner schon alles gewünscht hatte, er war doch erschrocken über das, was passiert war.

»Weißt du was Genaueres?«

»Er hat ausgesagt, es seien drei Typen gewesen. Sie seien auf ihn zugekommen, hätten ihn in die Zange genommen, einfach so.«

»Vielleicht *Freunde* von Jeannette«, überlegte Thomas.

Er griff zum Telefon: »Ich rufe ihn an und frage ihn, wie's ihm geht. Er hat sein Handy sicher auch im Krankenhaus an.«

»Das liegt hier«, grinste Christina und winkte damit. »Erinnerst du dich nicht? Ich habe doch den Anruf von seinem Schmuddelkollegen entgegengenommen. Und anscheinend hat Aschenbrenner das Teil dann gar nicht mehr geholt.«

Thomas zögerte einen Moment. Denn so ganz sauber war das nicht, was ihm da in den Sinn kam. »Wir könnten mal nachsehen, wer seitdem angerufen hat.«

»Das hab ich schon probiert«, rief Christina fröhlich. »Aber sein Akku ist leer. Der war gestern schon recht mau.«

Thomas hatte eine andere Idee. »Bitte, bring ihm sein Handy, Christina. Und frag ihn, was passiert ist. Mach eine Geschichte draus.«

Christina sah ihn ungläubig an. »Aschenbrenner als Märtyrer?«

»Immerhin ist er vermutlich angegriffen worden, weil er einen Artikel für unsere Zeitung geschrieben hat.«

»Der dir nicht gepasst hat, Thomas.«

»Seit wann ist das ein Kriterium?«

Christina sah nicht aus, als würde sie den Redakteur so ganz verstehen. Sie steckte Aschenbrenners Handy ein und wollte schon gehen, da drückte Thomas ihr zwanzig Euro in die Hand.

»Kauf Blumen, gute Besserung von uns allen.«

Sie wollte es einfach nicht glauben und schon kopfschüttelnd abziehen, doch plötzlich hielt sie inne. »Soll ich ihm sagen, dass da ein Anruf für ihn war?«

Thomas dachte einen Moment nach, dann nickte er. »Sag ihm auch, er soll vorsichtiger sein. Nur du wüsstest was davon, aber es sei ja wohl klar, dass er seinen Job hier aufs Spiel setzt mit dem Mist.«

»Das wird ihm egal sein, wenn er Boulevardjournalist bei einer großen Zeitung werden kann.«

»Sie wollen die Infos, nicht Aschenbrenner. Darauf verwette ich meinen ...«

Christina lachte nur. »Lass es lieber.«

Thomas rief Andrea Kriegler an und bat sie, für Aschenbrenner einzuspringen. Die war nicht ganz so böse wie vermutet, er rettete sie aus einem klärenden Gespräch mit ihrem langjährigen Freund, auf das sie gerne verzichtete, wie sie Thomas erzählte, als sie in die Redaktion kam.

»Aber irgendwann wirst du mit ihm reden müssen, wenn's wichtig ist.«

»Der vergisst das wieder, der hat kein Langzeitgedächtnis«, antwortete sie unbekümmert.

»Darf ich fragen, worum es ging?«

Sie zögerte mit der Antwort und war sichtlich erleichtert, als Thomas' Handy klingelte.

»Corinna Gröbinger.« Ihre Stimme klang tränenerstickt. »Können Sie vorbeikommen?«

Thomas machte seinen Computer aus. »Ich muss weg, Andrea.«

»Vielleicht hätte ich doch lieber mit meinem Freund diskutieren sollen«, seufzte die Kollegin.

»Mein Vater war's nicht«, sagte Corinna Gröbinger.

»Woher wollen Sie das wissen? Können Sie bezeugen, dass er an diesem Abend zu Hause war?«

»Er war's nicht.«

Thomas atmete tief durch, um nicht die Geduld zu verlieren. Fast mantraartig wiederholte die Tochter des Verhafteten diesen Satz.

»Sie brauchen Beweise für Ihre Behauptung.«

»Ich kenne meinen Vater. Er wäre überhaupt nicht fähig, meiner Mutter etwas anzutun.«

»Das ist kein Argument, das die Polizei überzeugt.«

»Ich weiß, dass er gestanden hat, aber er lügt. Er sagt es nur, um meine Mutter zu schützen.«

Thomas horchte auf: »Wovor?«

Corinna Gröbinger holte tief Luft. »Meine Mutter hatte seit ein paar Wochen ein Verhältnis mit einem anderen Mann.«

Thomas gab nicht zu erkennen, dass er das schon von der Kommissarin gehört hatte. »Wussten Sie davon?«

»Ich habe es irgendwann geahnt. Sie hat all das vernachlässigt, was ihr bisher so wichtig war, ihre politische Arbeit, ihr soziales Engagement, ihre Familie, ihre Freunde.«

»Ihr Vater hat nichts gemerkt?«

Sie schüttelte den Kopf.

»Sie wissen, dass Sie mit solch einer Aussage Ihren Vater eher belasten? Denn er hat ein sehr starkes Motiv.«

»Aber er war's nicht.«

So weit waren wir schon, dachte Thomas.

Das kleine Mädchen, das bisher geschlafen hatte, war aufgewacht und begann, laut zu weinen. Corinna Gröbinger stand auf und ging ins Kinderzimmer. Thomas hörte, wie sie beruhigend auf die Kleine einredete. Das Schreien ließ nach und ging in ein Gebrabbel über. Sie kam mit dem Mädchen auf dem Arm herein.

»Lara will nicht allein sein«, sagte sie entschuldigend.

»Und Ihr Mann ...?«

»Er arbeitet im Krankenhaus und hat Dienst.«

Corinna Gröbinger hantierte am Herd mit Milch und Brei und Topf, das Kind dabei auf dem Arm.

»Soll ich Ihnen die Kleine mal abnehmen?«, fragte er hilfsbereit.

Er sah den Zweifel in ihren Augen: »Wenn sie bei Ihnen bleibt.«

Thomas nahm das Mädchen auf den Arm, sah in die großen, erstaunten Augen, versuchte, das Kind mit ein paar Grimassen aufzuheitern.

»Sie bekommt natürlich mit, dass etwas nicht stimmt«, sagte die Mutter. »Das macht sie unruhig.«

Thomas ging hin und her, das Kind auf dem Arm schaukelnd, das sich erstaunlich ruhig hielt.

»Ich verstehe immer noch nicht, warum Ihr Vater ein falsches Geständnis abgelegt haben sollte.«

»Das ist auch schwer zu begreifen. Für ihn war die Familie sein Ein und Alles. Und für ihn war auch alles in Ordnung bis zu diesem Sonntag. Dann folgt ein Schock nach dem anderen. Erst erfährt er, dass sie einen Liebhaber hat. Dann, dass sie ihn verlassen will. Und wenige Stunden später die Nachricht, sie sei ermordet worden. Das war zu viel für ihn.«

»Aber wenn er seine Frau nicht umgebracht hat ...«

»Er kann der Tatsache nicht ins Auge sehen, dass sie ihn verlassen wollte. Das würde sein ganzes Leben, unser Familienleben in Frage stellen.«

»Deshalb muss er sich nicht zum Mörder machen.«

»Das ist ihm lieber als zu spüren, dass meine Mutter einen anderen Mann mehr geliebt hat. Er ist nervlich völlig am Ende, er kann Realität und Einbildung nicht mehr unterscheiden, weil die Realität für ihn so entsetzlich ist. Verstehen Sie doch, so ist sie nicht mehr da, weil er sie getötet hat, und eben nicht, weil sie einen anderen mehr liebte. Vielleicht will er auch lieber Täter sein als Opfer?«

Corinna Gröbinger nahm ihr Kind wieder zu sich und begann, es zu füttern.

»Ich habe selbst den Streit meiner Eltern gehört und bin nach unten zu ihnen – mein Mann blieb bei Lara. Meine Mutter nahm ihren Mantel, ihre Handtasche, nichts sonst. Sie legte den Schlüssel auf den Tisch und ging. Mein Vater blieb weinend zurück.«

»Sie haben ihn getröstet.«

Sie schüttelte den Kopf. »Meine Mutter ist mit dem Taxi weg. Ich bin ihr nach Bad Abbach gefolgt. Sie ist am Kurhaus ausgestiegen. Ich wollte mit ihr reden, aber da stand dieser Mann und wartete auf sie.«

»Sie haben ihn also gesehen.«

Sie nickte. Lara aß mit großem Appetit, sah dabei immer wieder zu Thomas, der sich ein paar Notizen machte.

»Wenn er der letzte Mensch ist, der Ihre Mutter getroffen hat, dann ist er dringend tatverdächtig.«

Corinna Gröbinger sah ihn traurig an: »Ich habe das alles genauso der Polizei erzählt. Aber niemand glaubt mir.«

»Weil sich Ihr Vater ja als Täter angeboten hat mit seinem Geständnis.«

Corinna nickte. Sie hob ihr Kind hoch, legte es an ihre linke Schulter und klopfte ihm auf den Rücken.

»Er macht sich selbst kaputt«, sagte sie leise.

»Er muss sein Geständnis widerrufen, wenn es falsch ist.«

Sie schüttelte verzweifelt den Kopf: »Das tut er nie.«

»Aber wenn er nicht der Mörder ist, dann schützt er durch seine Aussage den wahren Täter.«

»Das ist ihm egal. Sein Leben ist nichts mehr wert, sagt er.«

Thomas sah sie eindringlich an: »Warum haben Sie mich angerufen, was erwarten Sie von mir?«

»Ich brauche Ihre Hilfe, Herr Reitinger. Allein schaffe ich das nicht.«

»Ich kann mir nicht vorstellen, was ich für Sie tun kann.«

Sie musterte ihn enttäuscht. »Ich dachte, Sie sind einer, der sich nicht auf jede billige Schlagzeile stürzt. Der noch Interesse daran hat, die Wahrheit herauszufinden.«

Thomas zögerte. Von Corinna Gröbinger ging eine Entschlossenheit aus, die ihm nicht ganz geheuer war. Der Vater wollte seine Vorstellung von der heilen Familie retten, die Tochter ihren Vater.

Was sollte er glauben? Was sollte er tun?

»Was wissen Sie über den Geliebten Ihrer Mutter?«

»Er heißt Gunther Heidebrand. Er ist zur Kur oder zur Reha in Bad Abbach. Er war in der Praxis von Frau Rosenberger bei meiner Mutter in Behandlung. Dort haben sie sich kennengelernt. Das habe ich auch alles der Polizei erzählt.«

»Wissen Sie, woher er kommt, was er von Beruf ist oder dergleichen?«

»Noch nicht, aber ich werde es herausfinden. Und ihn überführen. Denn für mich ist er der Mörder meiner Mutter.«

»Lassen Sie die Finger von der Sache. Wenn der Mann Ihre Mutter umgebracht hat, ist es lebensgefährlich, auf eigene Faust zu ermitteln.«

»Verstehen Sie jetzt, warum ich Ihre Hilfe brauche?«

Thomas rief sofort Jana Meyerbeer an und erzählte ihr von dem Gespräch.

»Ich kenne diese haarsträubende Geschichte«, sagte sie ruhig.

»Du glaubst ihr also nicht.«

»Richtig ist, dass Gunther Heidebrand ein Verhältnis mit Marita Hauner hatte. Sie haben sich an diesem Abend kurz getroffen, aber Heidebrand sagt, Frau Hauner sei dann wieder nach Hause gefahren.«

»Das glaubst du ihm.«

»Er hat ein Alibi.«

»Das hieb- und stichfest ist?«

»Das in Ordnung ist. Außerdem haben wir ein Geständnis vom Ehemann.«

»Der angeblich mit den Nerven am Ende ist.«

»Natürlich ist er das. Das wärest du auch, wenn du ein Menschenleben auf dem Gewissen hättest.«

»Bekommt er ärztliche Hilfe?«

»Wir sind keine Unmenschen, Thomas. Wir machen unsere Arbeit gut und wir gehen jedem Verdacht nach. Das solltest du eigentlich wissen.«

»Die Tochter will auf eigene Faust ermitteln.«

»Halte sie davon ab.«

»Gehört das nicht auch zur Arbeit der Polizei?«

»Soll ich sie vorübergehend festnehmen lassen?«

Thomas legte wütend auf.

Auf dem Weg zurück in die Stadt fiel ihm ein, dass er Andrea Kriegler ganz schön hatte hängen lassen mit der Arbeit. Er fuhr wieder am Bahnhof vorbei und kaufte Blumen.

»Sie waren doch gestern erst da«, meinte die Verkäuferin.

»Gibt's Rabatt, wenn ich öfter komme?«

»Ich werde drüber nachdenken«, lachte sie.

Andrea Kriegler sah den Strauß mit weichen Augen an. »Ich kriege so selten Blumen.«

»Ich danke dir dafür, dass du eingesprungen bist.«

»Dass das mal einer honoriert in diesem Laden.«

Es gab keine Vase in der Redaktion. Ein Weißbierglas musste daran glauben.

»Morgen bringe ich eine von zu Hause mit.«

»Nimmst du die Blumen nicht mit heim?«

Sie sah auf den Strauß, überlegte einen Moment.

»Hier bin ich doch öfter als daheim.«

Während Andrea Kriegler ihren Blumenstrauß betrachtete, sah Thomas sich Christinas Artikel über Aschenbrenner an.

»Ein wahrer Held, ein mutiger Journalist, ein schonungsloser Aufklärer«, grinste Thomas.

»Du wolltest es doch so«, wunderte sich Andrea.

»Nicht ganz so dick.«

»Wenn du es sachlicher willst, dann schreib's halt selbst.«

Thomas entschied sich dagegen. Er wollte auch einmal früh Feierabend machen.

Lisa war nicht allein, als er nach Hause kam. Seine Mutter war da. Gemeinsam saßen sie am Laptop. Als Thomas interessiert nachfragte, wichen sie aus.

»Ich habe Therese gerade ein paar Sites gezeigt ...«

»Du interessierst dich fürs Internet?«, wunderte sich Thomas.

»Dafür bin ich noch nicht zu alt«, sagte sie trotzig.

Therese Reitinger bedankte sich für Lisas Unterricht und verabschiedete sich schnell: »Wir machen ein andermal weiter, ja?«

»Wonach ist dir heute Abend?«, fragte Thomas, als sie allein waren.

»Du meinst, weil du einmal vor sieben Uhr nach Hause kommst, sollte ich unternehmungslustig sein?«

Lisa hatte ein bisschen nahe am Wasser gebaut, in ihren Augen schimmerten Tränen. Thomas nahm sie in den Arm. »Soll ich kochen?«

Sie schüttelte den Kopf. »Am liebsten würde ich noch ein bisschen spazieren gehen. Im Dunkeln durch den Schnee.«

Über die Steinerne Brücke, hinein in die Stadt. Auf dem Haidplatz wurden sie in eine kleine Schneeballschlacht verwickelt von Touristen, die nicht mehr ganz nüchtern wirkten. Sie schlenderten durch die Fußgängerzone, sahen sich Auslagen an. Gesandtenstraße, Neupfarrplatz, ein Glas Glühwein zwischendurch, weil Lisa alkoholfrei nahm, entschied sich auch Thomas für einen Kinderpunsch. Hand in Hand landeten sie auf dem Domplatz, hörten festliche Klänge.

»Ein Konzert, komm, wir gehen hinein.«

Thomas ließ sich an der Hand in den Dom ziehen. Lisa zahlte den Eintritt, nahm das Programm entgegen. Bach, Weihnachtsoratorium, vierte bis sechste Kantate, es hatte gerade erst begonnen.

Lisas Augen leuchteten, und jetzt war auch Thomas froh, dass sie hierher gefunden hatten. Während des Konzerts sagte er sich immer wieder, dass das ja gar nicht so schlecht klang mit Pauken und Trompeten, Chor und Solisten, Geigen und Flöten. Er erinnerte sich an den Mord an dem Streicher Roman Ziegler, mit dessen Berichterstattung und sogar Aufklärung er befasst gewesen war. Auch die Geschichte mit Marita Hauner war bald geklärt, da war er sicher. Und er könnte wieder zur Tagesordnung übergehen, weniger arbeiten, mehr Zeit für seine Frau haben ...

Rundum brandete Applaus auf. Thomas erwachte aus seiner Träumerei. Er spürte, dass Lisa seine Hand drückte und ihn anlächelte.

»Am besten hat mir der Choral gefallen: Ich steh an deiner Krippen hier ...«

Thomas legte den Arm um sie: »Nächstes Weihnachten sind wir schon zu dritt.«

10. Kapitel

Lisa war am Montagmorgen sehr an Thomas' Arbeit interessiert. Sie ließ sich ausführlich von Aschenbrenner und seinem Unglück erzählen, fragte nach, wie es denn im Mordfall Hauner aussah und ob er noch an dieser Wirtshausgeschichte dran sei.

»Im Moment hat der Mordfall Priorität«, sagte Thomas.

»Aber es gibt doch das Geständnis des Ehemannes.«

»Was ist, wenn die Tochter Recht hat und Hauner ist unschuldig?«

»Es ist Sache der Polizei, das herauszufinden.«

Und ich sollte mir überlegen, wie ich Corinna Gröbinger davon abhalten kann, auf eigene Faust Ermittlungen anzustellen, dachte Thomas.

»Ich hoffe, Hitzlkofer hat noch nicht unterschrieben.« Lisas Gedanken gingen offenbar in eine ganz andere Richtung.

»Ich kann ihm nicht mehr helfen, dem sturen Esel.«

»Du sagst doch selbst, dieser Fehrendanz sei gefährlich.«

»Aber ich kriege ihn nicht zu fassen.«

»Schade, dass die Gemeinde so wenig Interesse zeigt, etwas für die Rettung des Wirtshauses zu tun.«

Thomas lachte: »Dass du dich einmal so für meinen Heimatort begeistern könntest, hätte ich auch nicht für möglich gehalten.«

»Vielleicht ziehen wir doch noch mal aufs Land, wer weiß. – Ich habe da kürzlich etwas gelesen über eine Aktiengesellschaft, die sie in einem oberbayerischen Ort gegründet haben, um ihr Wirtshaus zu retten.«

Thomas schüttelte den Kopf: »Ich kann mir nicht vorstellen, wie das funktionieren soll. Die Helmeringer sind nicht flexibel oder innovativ.«

»Schließt du da vielleicht zu schnell von dir auf andere?«, fragte Lisa ironisch nach.

»Ich werde dich noch in Erstaunen versetzen, wie flexibel ich sein kann, wenn ich erst einmal Papa bin.«

»Wenn es etwas Neues im Fall Hauner gibt, dann schreibe ich das«, verkündete der Chef. »Sie haben das alles sehr schön gemacht, Herr Reitinger, aber ich denke, Sie haben genug anderes zu tun. Immerhin fehlt ja Kollege Aschenbrenner.«

Thomas nickte nur. Sein Bericht war sachlich, aber eher knapp ausgefallen. Geständnis, Festnahme. Von Corinna Gröbingers Spekulationen hatte er noch nichts geschrieben.

»Wussten Sie, dass diese Marita Hauner einen Liebhaber hatte?«, platzte der Chef heraus. »Die Polizei hat ihn inzwischen vernommen. Aber er hat ein Alibi. Marita Hauner wurde gegen 20 Uhr ermordet. Da war der Mann bereits bei einer anderen.«

Thomas nickte nur knapp.

»Ich habe das über meine speziellen Kanäle zur Kripo erfahren«, sagte der Chef stolz. »Ihnen hat das natürlich keiner gesteckt.«

Thomas lächelte schief. Wenn nun herauskam, dass er nicht alles geschrieben hatte, was er wusste ... Wenn Jana Meyerbeer sagte, sie habe ihn informiert ... Oder wenn Corinna Gröbinger ... Dann sollte es so sein, er konnte es nicht mehr ändern.

»Was sind Sie so still, Reitinger? Sind Sie böse, dass der Fall ohne Ihre Mithilfe gelöst wurde?«

»Nein, nein, ich hab bloß nachgedacht.«

»Sie haben eben zur Zeit etwas Pech. Der Mörder ist gefunden, Ihre Vermutung, dass die Tat etwas mit der Umgehungsstraße zu tun hat, hat sich nicht bestätigt und der angebliche Überfall auf Ihren Bürgermeister ist auch im Sande verlaufen.«

Thomas lächelte säuerlich. So wurde also seine Arbeit bewertet.

»Seien Sie ein guter Verlierer, Reitinger. Dieses Mal habe eben ich die Nase vorn.«

Thomas hatte gerade die Unterlagen von Frau Gnadl kopiert und abgeheftet. Die Originale packte er in einen Umschlag und legte sie zur Post, als ihn ein Anruf seines Straubinger Kollegen aus seiner Frustration riss.

»Matthias hier. Du, ich hab mich umgehört. Tatsächlich sind Walter und Gaby Dirschl zur Zeit in Straubing. Ein Kollege hat die

Gaby auf der Straße getroffen, er ist mit ihr in die Schule gegangen, sie haben kurz über alte Zeiten geplaudert.«

»Wo wohnen sie?«, fragte Thomas und nahm einen Stift zur Hand.

»In ihrem Elternhaus. Vorübergehend, sagt die Gaby. Sie räumen es jetzt aus und verkaufen es dann.«

»Klar, Walter zieht nach Helmering, und sie wird wieder mit Fehrendanz gehen.«

»Der Kollege war ziemlich erschrocken, wie sehr sie sich verändert hat.«

»Das heißt ...?«

»Sie war früher angeblich eine recht Lustige. Aber jetzt wirkt sie wie ferngesteuert, total durch den Wind, sagt er. Aber vielleicht hängt es damit zusammen, dass sie in dieses Haus zurück sind, sagt er.«

»Ich habe schon gehört, dass der Vater ein rechter Tyrann war.«

»Trotzdem war die Gaby damals angeblich ziemlich fertig, als er im Rausch die Treppe runtergefallen ist und sich das Genick gebrochen hat.«

Thomas horchte auf. »Der alte Dirschl ist bei einem Unfall ums Leben gekommen?

»Leid getan hat's keinem.«

»Hat dein Kollege auch was zu diesem Fehrendanz gesagt?«

»Den kennt er nicht. Aber über den Walter hat er gesagt, der hatte schon immer einen Schlag weg.«

»Und das heißt jetzt?«

»Er wollte was Besseres werden. Aber besonders weit hat's nie gereicht.«

»Jetzt soll er ein Seminarhaus leiten.«

Matthias Zottl lachte. »Wenn ich das hier erzähle, dann fassen sich alle ans Hirn.«

Thomas holte seine Unterlagen zu Helmering heraus. Da war noch dieser Fehrendanz-Aussteiger, der anonym im Internet über seine Erfahrungen bei den Seminaren berichtet hatte. Und vor allem darüber, wie schwer es ihm die anderen Kursteilnehmer gemacht hatten, die Truppe Auserwählter zu verlassen und wieder eigene Wege zu gehen.

Thomas überlegte, wie er die Spur des Anonymus aufnehmen konnte. Wer auch immer einen Beitrag ins Internet stellte, der hinterließ Spuren. Er selbst hatte ja nicht die große Ahnung, aber vielleicht kannte sich ein Kollege damit aus.

Die Person, die aus dem Erfolgssystem ausgestiegen und deshalb Repressalien ausgesetzt war, musste doch zu finden sein. Und noch mehr Informationen auf Lager haben. Er beschloss, Andrea Kriegler um Hilfe zu bitten.

Thomas war so versunken in seine Gedanken, dass er Christina gar nicht kommen hörte.

»Er war so dankbar«, lachte sie. »Dass ich ihn nicht verpetze bei dir oder beim Chef, weil er die Geschichte anderweitig verkaufen wollte.«

»Hat er sich über die Blumen gefreut?«

»Er konnte nicht glauben, dass sie von dir sind.«

Undank ist der Welt Lohn, dachte Thomas.

»Lässt er es bleiben?«

Christina nickte: »Der ist kuriert. Der hat so was von Angst, dass sie ihm noch einmal die Fresse polieren ...«

»Wie redest du!«

»So wie du denkst.«

Thomas' Telefon läutete.

»Corinna Gröbinger hier. Haben Sie es sich überlegt?«

»Ich habe mit der Kommissarin gesprochen, aber die sagt, Heidebrand hat ein Alibi, und solange Ihr Vater an seinem Geständnis festhält ...«

»Helfen Sie mir – ja oder nein?«

Thomas hörte die Unbedingtheit und Entschlossenheit in ihrer Stimme.

»Ich werde diesen Mann überführen – oder mich an ihm rächen.«

»Ich will Sie sofort treffen.«

Sie verabredeten sich im Kurpark von Bad Abbach. An der Trinkhalle, wo Marita Hauner ermordet worden war.

»Das ist er«, sagte Corinna Gröbinger und deutete auf einen gepflegten älteren Herrn, der, die Hände in die Taschen seines Mantels vergraben, durch den Park ging.

»Sie wissen, dass ihm eine andere Frau ein Alibi gegeben hat?«, fragte Thomas.

»Es gibt auch noch eine Ehefrau und Kinder.«

»Wie haben Sie das herausgefunden?«

»Frau Rosenberger hat seine Patientenkarte, er war ja in Behandlung. Ich habe mir also seine Adresse besorgt und angerufen. Ein kleines Mädchen war dran und sagte, der Papa sei zur Kur.«

Corinna Gröbinger konnte den Blick nicht abwenden von dem Mann, den ihre Mutter geliebt hatte. Thomas zwang sie, ihn anzusehen.

»Was Sie tun, ist gefährlich.«

Corinna Gröbinger hielt seinem Blick stand, doch gerade jetzt brummte Thomas' Handy. Er ging ran, hörte Stimmen, konnte aber nicht verstehen, was der Anrufer sagte.

»Hallo? Wer ist denn da?«

»Der Rudi. Wenn du nicht gleich kommst, dann gibt's ein Unglück.«

Mehr war aus ihm nicht herauszukriegen. Aber Thomas glaubte ihm sofort.

»Wir müssen die Aktion abbrechen, ich muss dringend weg, nach Helmering.«

Corinna Gröbinger sah ihn überrascht an: »Das ist doch der Ort, wo die neue Umgehungsstraße gebaut werden soll.«

Thomas nickte: »Ihre Mutter war eine entschiedene Gegnerin.«

Corinna Gröbinger lächelte schwach: »Sie hat mir davon erzählt. Dass der Bürgermeister seine Meinung zur Straße ändern wollte, wenn ihn die Freien Wähler dafür mit offenen Armen aufnehmen und für den Landtag aufstellen würden.«

Thomas sah sie fassungslos an: »Der Degenhardt wollte die Seiten wechseln?«

»Manche gehen für die Karriere über Leichen, andere aus Liebe.«

Corinna Gröbinger hatte Tränen in den Augen. Thomas nahm ihr das Versprechen ab, dass sie jetzt nach Hause fuhr, dann machte er sich auf den Weg nach Helmering.

So voll war das Wirtshaus zuletzt vor zehn Jahren gewesen, als Altbürgermeister Ranftl im gesegneten Alter von 93 Jahren gestorben war. Er hatte Helmering lange vorgestanden, zu einer Zeit, als das Dorf noch eine selbstständige Gemeinde war. Seine Kinder hatten sich nicht lumpen lassen und nach der Beerdigung im Wirtshaus Freibier spendiert. Und alle waren gekommen – so wie jetzt.

Zwar war es ein ganz normaler Wochentag, doch zwischen Neujahr und Dreikönig hatten viele frei, fast jede Helmeringer Familie war hier vertreten. Rudi Hitzlkofer und seine Frau eilten hektisch zwischen Zapfhahn und Tischen hin und her. Eine Frau stand da und erklärte etwas, was sie als Lösung der Helmeringer Probleme bezeichnete: Lisa. Daneben saß eine andere Frau, die eifrig zu dem Gesagten nickte: seine Mutter.

Thomas brauchte eine Weile, bis er das begriff. Dann sah er in das von hektischen Flecken überzogene Gesicht des Wirts und in das wütende der Hitzlkoferin. Eine Verschwörung? Dafür sah die Sache aber recht offiziell aus.

Thomas machte erst einmal gar nichts. Außer der Hitzlkoferin, die ihm Blicke der Art »Jetzt tu was, du Depp« zuwarf, beachtete ihn ohnehin keiner. Er lehnte sich an den Türpfosten und hörte zu, wie seine Frau das System einer Wirtshaus-Aktiengesellschaft erklärte.

»Wenn ihr Aktien kauft, dann ist das zunächst eine Aktion zur Geldbeschaffung, um das Wirtshaus zu erhalten. Aber langfristig kann sich das für jeden von euch lohnen.«

»Aber nur, wenn genug Leute ins Wirtshaus gehen, genug müssen's sein!«, gab der alte Neubauer zu bedenken.

»An dir wird's schon nicht scheitern«, rief Therese Reitinger, und alle lachten. Selbst Neubauer musste schmunzeln.

Es waren wirklich alle da von den üblichen Verdächtigen. Vater und Sohn Neubauer, Sepp Freisleder, Bertl Lauber, sogar seine Mutter war mitgekommen sowie sein Cousin Karsten Kröger.

Thomas sah Gerber, auch Landinger und viele andere, die er nur vom Gesicht her, aber nicht mehr dem Namen nach kannte. Auch seine Jugendliebe Kati Löbl war da. Wer hatte sie alle mobilisieren können?

So eine Aktion traute er seiner Frau nicht zu. Sie war ja keine Einheimische. Da steckte wohl die Mutter dahinter.

Lisa redete unterdessen weiter: »Tatsächlich funktioniert das System dann am besten, wenn alle gern ins Wirtshaus gehen, wenn sie hier essen und trinken und wenn die Vereine im Nebenzimmer ihre Versammlungen abhalten. Denn sonst hat dieses Dorf überhaupt keine Mitte mehr, sonst sitzt jeder in seinem Haus, und alles Gemeinsame geht den Bach runter.«

»Gibt's dann auch eine Dividende?«, fragte der Landinger, dem es anscheinend immer nur ums Geld ging.

Lisa nickte: »In Feldwies im Chiemgau machen sie es zum Beispiel so, dass jeder Aktionär einmal im Jahr ein Essen frei hat.«

»Das ist mir zu wenig«, sagte der Landinger.

»Jetzt sei doch net gar so gierig!«, rief Bernhard Neubauer. »Bist doch schon reich genug!«

»Wie teuer wäre denn so eine Aktie?«, fragte Karsten Kröger.

»Ich würde meinen: hundert Euro. Aber natürlich kann man auch einen anderen Preis festlegen.«

Inzwischen hatte die Mutter Thomas bemerkt und machte Lisa ein Zeichen. Sie sah hin, lächelte ihm zu und zeigte auf einen Stuhl in ihrer Nähe, der noch frei war.

»Und Sie würden das alles organisieren und koordinieren?«, fragte ein Zugezogener.

»Wenn sich niemand anderer dazu bereit erklärt«, meinte Lisa.

»Bleibt dann der Rudi Wirt?«, wollte Freisleder wissen.

»Wenn er will, dann schon.«

»Ich mag nimmer«, rief die Hitzlkoferin dazwischen.

»Wenn das Wirtshaus eine gesunde Basis hat, findet Helmering auch einen neuen Wirt.«

»Es gibt ein Grundrecht auf ein anständiges Wirtshaus im Dorf«, ließ sich Therese Reitinger vernehmen, und Thomas hätte nur zu gerne gewusst, wo sie diesen Satz aufgeschnappt hatte.

Thomas entspannte sich allmählich, nachdem die erste Verwunderung und der anschließende Schreck verflogen waren. Anders als die Hitzlkoferin es sich gewünscht hatte, sah er überhaupt keine Veranlassung, hier einzugreifen.

Im Moment redeten alle durcheinander, jeder hatte Pläne, Ideen, Vorschläge.

»Das Nebenzimmer müsste renoviert werden«, meinte einer und Neubauer nickte: »Das machen wir selber. Ich hab genug Zeit - und der Sepp ist Schreiner, der ist auch dabei.«

Sepp Freisleder nickte und sah unauffällig zu Therese Reitinger, ob sie sein ehrenamtliches Engagement zu Gunsten des von ihr erfundenen Grundrechts auf ein gescheites Wirtshaus auch angemessen würdigte.

Aber Therese hatte damit zu tun, Informationsblätter auszuteilen, auf denen das Wichtigste stand, damit jeder gut Bescheid wusste, wenn er nach Hause ging.

Immer noch redeten alle durcheinander, doch auf einmal kam es Thomas so vor, als würde eine Stimme nach der anderen verstummen, als ob sich ein Gewirr lösen würde und nur noch einzelne Fäden übrig blieben.

Die Blicke wandten sich zur Tür, auch die von Therese und Lisa Reitinger. Thomas wandte den Kopf und sah Fehrendanz. Leger, souverän, lächelnd. Neben ihm eine vermutlich blondierte Frau, klein, zierlich, etwa Anfang dreißig. Ein kräftiger Mittdreißiger stand noch dabei in Jeans, Hemd und Sakko, ein Kerl wie ein Baum, der wütend in die Runde funkelte.

»Guten Tag zusammen«, sagte Fehrendanz in die Stille hinein.

»Woher weiß der denn ...?«, fragte sich Hitzlkofer halblaut und schaute vorwurfsvoll zu seiner Frau.

»Was ist denn hier los?« Der bullige Kerl hatte nicht den liebenswürdigen Tonfall von Fehrendanz, doch als der Motivator ihm eine Hand auf die Schulter legte, schien er sich zu beruhigen.

Hinter den dreien trat inzwischen der Makler Morawitz ein. Er ging sofort auf die Hitzlkofers zu, als hätte er die Aufgabe übernommen, sich speziell um das Wirtsehepaar zu kümmern.

Die blonde Frau und der bullige Mann blieben in der Tür stehen, sie eher verschreckt, er sah aber so aus, als wolle er jedem, der hier saß, einen Faustschlag verpassen.

Geschickt zog Fehrendanz nicht nur die Aufmerksamkeit, sondern auch das Gespräch an sich.

»Mein Name ist Fehrendanz, und wer sind Sie?«, wandte er sich an Lisa.

»Lisa Reitinger.«

Fehrendanz wirkte einen Moment überrascht und sah zu Thomas, der dasaß und unschuldig dreinschaute.

Er hat sich doch meinen Namen gemerkt, dachte Thomas. Auch wenn er so getan hat, als hätte der in seinem Kopf keinen Platz mehr.

»Ich bin daran interessiert, diese Gaststätte zu kaufen und zu einem Seminarhaus umzubauen«, fuhr Fehrendanz fort. »Und Sie?«

»Wir« – Lisa betonte dieses Wort besonders – »Wir sind daran interessiert, dass dies ein Gasthaus bleibt, eine Begegnungsstätte für diejenigen, die hier leben und arbeiten.«

»So viel Begegnung wie heute hat hier aber schon seit Jahren nicht mehr stattgefunden, soweit ich von Familie Hitzlkofer weiß.«

»Das kann sich ändern.«

»Nach meinen Informationen ist diese Gaststube meistens leer. Wir, mein Team und ich ...« Jetzt wechselte auch Fehrendanz vom Ich zum Wir und sah auf seine Begleiter, die noch am Eingang standen, »wir wollen dieses Haus mit neuem Leben erfüllen.«

»Davon hat aber im Dorf keiner was«, war Therese Reitinger zu vernehmen.

Fehrendanz wandte sich ihr zu und zeigte sein liebenswürdigstes Lächeln.

»Ich habe das Vergnügen mit ...«

»Therese Reitinger.«

Fehrendanz sah wieder zu Thomas. »Offenbar eine Familienangelegenheit.«

»Das sind Ihre Seminarhäuser auch«, antwortete Thomas.

»Vielleicht wollen Sie uns bei dieser Gelegenheit Ihre Begleiter vorstellen?« Das kam von Lisa.

Es war ein Kampf, auch wenn er im reizendsten Tonfall ausgetragen wurde.

Fehrendanz sah zur Tür, aber sein männlicher Begleiter war schneller.

»Ich bin Walter Dirschl – und ich übernehme die Hüttn hier.«

Ein Raunen ging durch die Reihen der Helmeringer, denn so wollten sie ihr Wirtshaus nicht bezeichnet wissen.

»Wie redet denn der daher?«, knurrte selbst der Hitzlkofer, und seine Frau meinte: »Sagst doch selber immer Bruchbude.«

»Wenn ich so zu meinem Haus sag, ist das ganz was anderes«, behauptete Rudi.

»Sie wollen also diese Gaststätte weiterführen?«, nahm Fehrendanz den Schlagabtausch wieder auf.

»Wir sprechen hier über die Möglichkeit, mit Hilfe einer Aktiengesellschaft diesem Ort seine Mitte zu retten.«

Fehrendanz sah ironisch in die Runde. »Und Sie alle wollen Ihr Geld in dieses Projekt stecken?«

Er sah jeden eindringlich an.

Das macht er gut, dachte Thomas. Es war zu spüren, dass er die Menschen verunsicherte.

Fehrendanz wandte sich an Lisa. »Herr und Frau Hitzlkofer möchten das Haus verkaufen. Kaufen Sie es?«

»Ähnlich wie in Feldwies könnte die Gemeinde die Immobilie erwerben, und die Bürger erbringen eine Eigenleistung bei der Sanierung ...«

Während Lisa redete, sah Fehrendanz sich scheinbar angestrengt um.

»Die Gemeinde ist mit im Boot? Warum sehe ich dann den Bürgermeister nicht?«

»Herr Degenhardt hatte einen Unfall und ist noch krank.«

Das kam von Thomas. Aber Fehrendanz wandte sich erneut an Lisa.

»Haben Sie mit ihm gesprochen?«

»Ja, wir haben miteinander telefoniert.«

»Und er hat gesagt, dass die Gemeinde das Haus kaufen wird?«

Lisa schwieg. Thomas konnte sich vorstellen, warum. Degenhardt hatte ihr sicherlich nicht sehr viel Hoffnung gemacht, und er wusste, was Fehrendanz nun als Trumpf ausspielen würde.

»Wenn ich recht informiert bin, war die Idee, das Wirtshaus zu kaufen, schon Thema im Gemeinderat. Und die Mehrheit war strikt dagegen, weil kein Geld da ist und weil die Gaststätte keine Perspektive hat.«

»Als Aktiengesellschaft hat sie eine Perspektive«, widersprach Lisa.

Fehrendanz wandte sich von Lisa ab und redete direkt die Gäste an.

»Wer von Ihnen würde denn Aktien kaufen?«

Ein gutes Dutzend Besucher hob die Hand. Fehrendanz zeigte auf Freisleder.

»Wenn eine Aktie hundert Euro kostet, wie viele würden Sie sich denn leisten?«

»Ich weiß nicht recht, zehn oder so ...«

»Ich denke aber, dass jeder der Anwesenden mindestens hundert kaufen müsste, damit man das Wirtshaus retten kann. Also: Wer kauft Aktien?«

Es meldeten sich schon weniger als zuvor.

»Wenn sich hier und jetzt genug Aktionäre für das Projekt finden, dann gehe ich sofort. Also?«

Fehrendanz sah auffordernd in die Runde und genoss das Schweigen. Dann schenkte er Frau Hitzlkofer ein Lächeln. »Ich weiß, Sie haben sich die Entscheidung, Ihre Gaststätte aufzugeben, nicht leicht gemacht. Aber Sie haben wenigstens verstanden, dass ich dieses Dorf nicht kaputt machen will! Ganz im Gegenteil! Alle werden davon profitieren, wenn wir dieses Haus sanieren.«

Schweigen im Raum. Die ersten standen auf und gingen. Walter Dirschl lachte heiser. Die blonde schmächtige Frau an Dirschls Seite setzte sich auf einen freigewordenen Stuhl in der Ecke.

Fehrendanz wandte sich nun erneut an Rudi Hitzlkofer und seine Frau, die die ganze Zeit von Makler Morawitz quasi beschattet worden waren. Sie hatten keine Getränke mehr ausgegeben, auch keine Brotzeiten. Sie standen einfach da und warteten, wer hier gewinnen würde.

»Danke, dass Sie mich verständigt haben, Frau Hitzlkofer«, sagte Fehrendanz. Dann wandte er sich an die Versammelten.

»Allein daran können Sie schon sehen, wem die Familie ihr Anwesen verkaufen will.«

»Wir können jetzt die Details besprechen und Nägel mit Köpfen machen«, schlug Morawitz vor. Die Wirtin nickte. Sie und ihr Mann verschwanden mit Fehrendanz und Morawitz in Richtung Nebenraum.

Lisa und Therese sahen zu Thomas, der nun aufstand und auf sie zukam. »Hättest uns schon mehr helfen können«, meinte die Mutter vorwurfsvoll.

»Erstens habe ich von eurer Aktion gar nichts gewusst«, sagte Thomas. »Und zweitens ist da wenig zu machen. Degenhardt hat mir gesagt, dass die Gemeinde nicht in das Wirtshaus investieren will.«

»Aber das mit den Aktien ist doch ganz neu! Dann muss er nur das Haus kaufen, alles andere machen die Bürger selbst«, meinte die Mutter.

Lisa aber setzte sich und packte ihre Unterlagen zusammen. »Wenn's nicht geht, dann geht's nicht.«

»So schnell gibst du auf?«, fragte Therese nach.

»Ich brauche erst einmal frische Luft«, antwortete Lisa.

Die meisten Helmeringer saßen noch herum, einige gingen schon. Walter Dirschl schnappte Lisas letzten Satz auf und kam jetzt drohend auf sie zu.

»Frische Luft willst? Kannst haben. Ich setz dich gleich raus an die frische Luft, du Dreckschlampn, miserablige.«

»Lass meine Frau in Ruhe.« Thomas stellte sich schützend vor Lisa.

»Geh weg, Würsterl.«

Tatsächlich fasste Walter Dirschl Thomas grob an und schob ihn unsanft zur Seite, doch der ließ sich nicht einschüchtern. »Führ dich hier nicht so auf, als ob dir schon alles gehörte. Du, du ...« Thomas fiel kein Schimpfwort ein. »Du Straubinger, du!«

Als wäre das die schlimmste Beleidigung, verpasste ihm Walter Dirschl einen gut platzierten Schwinger. Thomas taumelte, Lisa schrie auf, Therese sprang von ihrem Stuhl und ging drohend auf Walter Dirschl zu.

»Geh weg, alte Weiber schlag ich net.«

»Du schlagst hier gar niemand!«, ließ sich Bernhard Neubauer vernehmen und stand auf, ebenso wie Albert Lauber und Karsten Kröger.

»Geht heim, ihr habt hier gar nichts zu suchen. Der Hitzlkofer unterschreibt heute noch den Kaufvertrag, und dann kommt mir keiner mehr von euch auf das Grundstück. Das garantier ich euch.«

»Noch ist es ein Wirtshaus«, sagte der alte Neubauer und sah Walter Dirschl schon auf sich zukommen.

Bernhard ging dazwischen, um seinen Vater zu schützen, und in kürzester Zeit war die schönste Wirtshausschlägerei im Gange. Walter Dirschl war ein harter Brocken, der gut austeilte und auch einstecken konnte. Obwohl drei Männer versuchten, ihn außer Gefecht zu setzen, war er nicht kleinzukriegen und hinterließ dem einen oder anderen ein blutiges Souvenir im Gesicht.

Stuhlbeine splitterten, Gläser gingen kaputt, Stühle krachten auseinander. Hitzlkofer und seine Frau kamen aus dem Nebenzimmer geeilt und sahen entsetzt, wie ihr Wirtshaus demoliert wurde.

»Hört's auf, das ist mein Sach!«, rief der Hitzlkofer und war den Tränen nahe.

»Ich übernehme die Kosten«, versprach Fehrendanz der sprachlosen Wirtin, und Walter Dirschl schrie, das alte Zeug käme doch sowieso weg, wenn der Wirt unterschrieben hätte.

Fehrendanz ging auf Walter Dirschl zu, legte wieder den Arm um ihn und schob ihn zur Tür hinaus. Er warf nur einen kurzen Blick auf die junge blonde Frau. Sie stand auf und folgte ihm schweigend.

»Die Freundin von diesem Guru habe ich mir ganz anders vorgestellt«, meinte Lisa.

»Ich glaube, ihr geht auch«, sagte die Hitzlkoferin, und es klang nicht freundlich.

Mit Blick auf sein kaputtes Mobiliar stellte der Wirt fest: »Jetzt bleibt mir sowieso nichts anderes mehr übrig als zu verkaufen.«

Schweigend sah Thomas zu, wie seine Mutter die restlichen Infoblätter einsammelte und auf ein Häufchen legte.

»Ich lass sie einfach mal da, vielleicht interessiert sich ja noch jemand dafür«, sagte sie mit unverblümtem Optimismus in Richtung Hitzlkofer. Dessen Frau aber nahm die Blätter und warf sie wortlos weg.

Lisa packte ihre Tasche, dann nickte sie Hitzlkofer zu: »Danke, dass Sie uns die Gelegenheit gegeben haben, unsere Idee hier zu präsentieren.«

Rudis Frau antwortete. »Sie haben doch alle angerufen und aufgehetzt.«

»Trotzdem danke«, wiederholte Lisa in Richtung Rudi. Dann ging sie an Thomas vorbei: »Wir sehen uns gleich zu Hause.«

Auch Therese winkte ihm kurz: »Bis gleich, Thomas.«

Der folgte ihnen aus dem Wirtshaus, denn auf eine Diskussion mit Rudi Hitzlkofer und seiner Frau hatte er überhaupt keine Lust.

Im Hinausgehen hörte er noch, wie die Hitzlkoferin zu ihrem Mann sagte: »Warum hast du den Deppen von der Zeitung angerufen?«

Draußen sah er in einiger Entfernung Fehrendanz an einem Geländewagen stehen und warten.

Er wird zurückgehen und noch mal auf die Hitzlkofers einreden, dachte Thomas, aber das ist mir jetzt auch egal. Sollen sie das Zeug verkaufen, ich kann auch in Stadtamhof mein Bier trinken. Er beobachtete, wie Lisa und Therese in Lisas kleinen Sportwagen stiegen. Dann kletterte er in seinen alten Renault, holte sein Handy heraus und rief in der Redaktion an.

»Ist noch irgendetwas Besonderes?«

»Wenn du nichts schreibst, dann nicht«, antwortete Andrea Kriegler.

»Womit macht ihr auf?«

»Der Chef hat in die Tasten gehauen. Mordfall so gut wie geklärt und so weiter.«

»Andrea, hör zu ...«

Die Kollegin vernahm den bittenden Unterton. »Wieder so was, wofür es Blumen gibt?«

»Ich hatte eine Auseinandersetzung ...« Thomas dramatisierte die Helmeringer Geschichte ein bisschen, nur um nicht mehr in die Redaktion zurückkehren zu müssen.

Andrea Kriegler zeigte zwar kein Mitgefühl, aber es wirkte doch. »Willst dich gleich zum Aschenbrenner ins Krankenhaus legen?«

»Dann komme ich lieber arbeiten.«

»Fahr nach Hause und ruh dich aus.«

»Noch was: Ich hab dir einen Zettel hingelegt, ich such da einen anonymen Typen im Internet.«

»Ich kümmere mich drum.«

»Danke, wir sehen uns Dreikönig.«

»Da habe ich frei, Thomas.«

»Du musst den Aschenbrenner ersetzen.«

Andrea Kriegler seufzte tief. »Naja, wenigstens kann ich mich morgen mal um mein Privatleben kümmern.«

Ich werde meinem Privatleben gleich mal die Meinung geigen, dachte Thomas.

Thomas fühlte sich hin- und hergerissen. Zum einen fand er die Aktion seiner Frau und seiner Mutter gut. Es war eine tolle Idee, es könnte funktionieren. Aber er ärgerte sich, dass sie es an ihm vorbei in die Wege geleitet hatten. Er fand ihr Vorgehen naiv und überstürzt. Aber er selbst war gar nicht erst auf solch eine Idee gekommen. Vielleicht war er deshalb so sauer, dachte er, als er sein Auto in Stadtamhof abstellte – sie hatten ihn nicht eingeweiht.

Als er die Wohnung betrat, standen sie in der Küche und kochten gemeinsam.

»Grade wollte ich dich anrufen, ob du noch in die Redaktion musst und wann du kommst!«, rief Lisa.

»Wir machen Rinderrouladen, magst ein Bier?«, fragte Therese.

»Und Spätzle, selbst gemacht.«

»Was habt ihr euch eigentlich gedacht?« Thomas bemühte sich um einen souveränen Ton. »Das Wirtshaussterben ist meine Geschichte, ihr mischt euch einfach ein, ich habe keine Ahnung ...«

Die Mutter hörte auf, den Spätzleteig zu schlagen, Lisa legte das halb zerrupfte Salatblatt beiseite.

»Wir hätten es dir gerne gesagt, aber du hast ja nie Zeit«, sagte Lisa.

»Außerdem geht uns das alle was an«, argumentierte die Mutter. »Dieses Wirtshaus gibt's seit Jahrhunderten, dein Vater hat da oft sein Bier getrunken, wir haben deine Taufe da gefeiert und deine Erstkommunion ...«

»Die Helmeringer sehen das nicht so sentimental. Die haben euch dann doch im Stich gelassen bei eurer Aktion.«

»Weil sie das mit der Aktiengesellschaft noch nicht verstanden haben!«

Therese Reitinger gab einfach nicht auf. »Aber wenn wir es ihnen noch einmal erklären und dieser Scharlatan uns nicht dazwischengeht, dann könnte das was werden.«

»Denen muss man nur auf die Sprünge helfen«, meinte auch Lisa.

»Und das macht ausgerechnet ihr beide.«

»Du tust ja gar nichts«, gab seine Frau zurück. »Vielleicht am Stammtisch sitzen, angeblich recherchieren, manchmal auch schreiben ...«

»Jetzt wirst du ungerecht.«

»Du auch.«

Sie sahen sich wütend an.

»Ich habe mehr als dreißig Jahre in Helmering gewohnt«, meldete sich nun wieder Therese zu Wort. »Ich weiß, dass das Dorf sein Wirtshaus braucht. Deshalb habe ich alle angerufen, die ich kenne, und noch ein paar aus dem Gemeinderat, alle waren begeistert«, erzählte Therese.

»Bis dieser Fehrendanz auftauchte.«

»Er ist wirklich gefährlich«, warnte Lisa. »Weil er weiß, wie man Menschen manipuliert.«

Thomas brütete stumm vor sich hin. Frau Reitinger senior und Frau Reitinger junior bildeten eine ungewöhnliche Allianz von Heimatverbundenheit und Kompetenz, eine neue Koalition, die so bisher nicht denkbar gewesen wäre. Thomas hatte das Gefühl, er war aus diesem Spiel draußen. Wenn er ehrlich war, so musste er sich eingestehen, dass er daran nicht ganz unschuldig war.

Aber eines hatte die Versammlung gebracht: Er kannte nun die beiden Mitstreiter von Fehrendanz, die Geschwister Dirschl. Er fand sie merkwürdig schwach, Gaby in ihrer zurückgenommenen Art, Walter in seiner bajuwarischen Grobheit und Brutalität. An der Schwäche dieser beiden Menschen konnte man ermessen, wie stark und gefährlich dieser Fehrendanz wirklich war, wie gut er es verstand, Menschen in seinen Bann zu ziehen. Er musste seine Recherchen vorantreiben. Lisa hatte Recht. Er tat viel, und es kam wenig dabei heraus.

Das Essen verlief schweigend. Weniger, weil Thomas sauer war, sondern vielmehr, weil er seine Gedanken ordnen musste, und dafür brauchte er diese Stille. Er war froh, dass Mutter und Ehefrau nichts sagten, sondern nur Blicke wechselten der Art: Ist er jetzt beleidigt oder will er einfach nur seine Ruhe?

Thomas war immer mehr davon überzeugt, dass weder der Unfall des Duggendorfer Heimatfreundes Gnadl noch des Neukirchner Bürgermeisters Degenhardt ein Zufall waren. Auch Gaby Dirschls Vater war so plötzlich und unvermutet gestorben, und so war Fehrendanz zu seinem Reichtum gekommen. Das alles kam ihm nicht ganz sauber vor. Zu viele Unglücke und Unfälle im Umfeld des Motivators.

Dann dachte er an Corinna Gröbinger. Ob sie wirklich, wie versprochen, nach Hause gefahren war? Er rief dort an.

»Meine Frau ist noch nicht zu Hause. Worum geht's?«

Thomas stellte sich als Journalist vor.

»Meine Frau hat mir von Ihnen erzählt.«

»Wo kann ich sie erreichen?«

»Angeblich trifft sie sich mit einer Freundin in der Stadt.«

»Sie glauben ihr nicht?« Thomas war irritiert.

»Meine Frau ist sehr verändert in den letzten Tagen. Und egal, was ich sage oder tue, ich komme nicht an sie heran.«

»Sie hat mich um Hilfe gebeten, weil sie denkt, dass der wahre Mörder noch frei herumläuft.«

»Ich weiß und ich sage ihr auch jeden Tag, wie gefährlich das ist, was sie tut. Aber ich kann sie ja nicht einsperren! Die Polizei tut auch nichts.«

»Geben Sie mir bitte die Handynummer Ihrer Frau, Herr Gröbinger.«

Thomas erreichte nur die Mailbox: »Wenn Sie mich nicht innerhalb der nächsten halben Stunde anrufen, verständige ich die Polizei und lasse nach Ihnen fahnden.«

Der Rückruf kam fünf Minuten später. »Ich fahre jetzt nach Hause.«

»Was haben Sie gemacht?«

»Ich habe Herrn Heidebrand ein bisschen besser kennengelernt.«

Thomas schluckte. »Sind Sie wahnsinnig?«

»So groß kann Ihre Sorge nicht sein. Denn Sie haben mir Ihre Hilfe versprochen und mich dann doch im Stich gelassen.«

Dann legte sie einfach auf.

11. Kapitel

Thomas holte sich sehr früh am Morgen die Zeitung und sah nach, was die Kollegen ohne ihn gemacht hatten. Der Chef hatte den Artikel über die Verhaftung von Herbert Hauner geschrieben, die Sache ein bisschen aufgebauscht, ein paar Mal das »mutmaßlich« weggelassen vor dem »Täter« und außerdem die ganze Sache auch noch zur rätselhaften Familientragödie hochgepuscht. Thomas dachte an Corinna Gröbingers Theorie, ihr Vater habe ein falsches Geständnis abgelegt. Wenn erst einmal das Entsetzen darüber, dass Marita Hauner ihn wegen eines anderen Mannes verlassen wollte, gewichen war, wenn er sich ein Leben ohne diese Frau vorstellen konnte, würde er dann sagen: Ich war's doch nicht? Wer würde ihm glauben? Und – das vergaß Thomas manchmal fast: Vielleicht war Herbert Hauner ja wirklich der Mörder, auch wenn seine Tochter noch so sehr an seine Unschuld glaubte.

Reitinger spürte die Anstrengung der letzten Tage in allen Knochen. Ihm hätten ein paar freie Tage gut getan – doch auch diesen redaktionsfreien Tag vor dem Feiertag Dreikönig würde er für Recherchen brauchen. Wenn nur wenigstens endlich einmal etwas dabei herauskäme, was man schreiben könnte.

Er machte sich Notizen zu dem, was ihm Corinna Gröbinger über Degenhardt erzählt hatte. Das schien doch eine vielversprechende Geschichte zu sein. Lisa kam herein. Sie gab ihm einen flüchtigen Kuss und sah auf seine Notizen.

»Was heißt das denn? Degenhardt – Freie Wähler?«

»Er wollte angeblich wechseln, wenn sie ihm in den Landtag helfen.«

»Das geht doch mit seiner Partei viel schneller – die haben mehr Sitze.«

»Aber da gibt es auch mehr Konkurrenz um die Listenplätze. Ich glaube, er sah eine Chance, über die Freien Wähler schneller nach oben zu kommen als auf dem christlich-sozialen Weg.«

»Was für ein charakterloser Mensch.«

»Ein Politiker.« Lisa gähnte herzhaft, dann ging sie in Richtung Küche.

»Machst du Kaffee?«

»Ich trinke Tee, schon vergessen?«

Sie bemerkte seinen schuldbewussten Blick. »Du musst nicht gleich wieder Blumen kaufen«, schmunzelte sie. »Bad putzen reicht vollkommen. Oder du hilfst uns, aus dem Helmeringer Wirtshaus doch noch eine Aktiengesellschaft zu machen.«

»Ich fahre nach Straubing, erkläre dem Fehrendanz das alles noch mal, und dann kauft er bestimmt auch Aktien.«

Lisa musterte ihn prüfend: »Manchmal verstehe ich deinen Humor nicht.«

Es war das alte Dirschl-Haus, das hatte ihm sein Kollege Zottl gesagt und ihm auch den Weg beschrieben. Thomas verfuhr sich trotzdem, aber irgendwann landete er bei einem sehr einfachen Einfamilienhaus, das offenbar in den Sechziger Jahren gebaut worden war. Gepflastert die Einfahrt, schmucklos das ganze Anwesen. Gleich daneben ein hoher Zaun, dort begann schon das Baugeschäft, das früher den Dirschls gehört hatte und das die Söhne verkauft hatten.

Das Haus sagte viel über seinen Erbauer, fand Thomas, als er in einiger Entfernung parkte. Es war praktisch, klar, Fenster, Tür, Glasbausteine. Ein Dach über dem Kopf. So war er wohl gewesen, der alte Dirschl, der Familientyrann. Bloß nichts Schönes, zum Wohnen und Schlafen reicht's. Jenseits des Zauns Baumaterial, Ziegelsteine, Dachschindeln, Säcke mit Zement. An einen Garten, an Grün und Erholung hatte hier wohl keiner gedacht.

Thomas parkte nicht direkt vor dem Haus, sondern fuhr zweihundert Meter weiter und stellte sich vor einen Container der Baufirma. Sein Auto stand da, gerade so, als hätte er hier etwas zu erledigen. Er ging zu Fuß zurück zum Haus. Ein Geländewagen fuhr vom gepflasterten Hof der Dirschls und verschwand.

Mist, dachte Thomas. Jetzt habe ich den Fehrendanz verpasst. Das war doch sein Wagen. Dennoch ging er weiter, vielleicht war seine Freundin ja zu Hause geblieben, und er könnte mit ihr reden. Auf eine Begegnung mit Walter Dirschl war er allerdings nicht gerade scharf.

Vor dem Haus stand ein Lastwagen, einige Männer trugen alte Möbel aus dem Haus und luden sie auf. Gaby Dirschl stand dabei, wortlos und mit versteinerter Miene sah sie zu, wie alte Sessel und Stühle auf die Ladefläche geschoben wurden und im Inneren des Lkw verschwanden. Auch hier alles noch Sechziger Jahre, vom beginnenden Wohlstand, vom Reichtum der Familie Dirschl keine Spur.

»Grüß Gott, Frau Dirschl«, sagte Thomas.

Sie sah ihn einen Moment irritiert an, als versuche sie, ihn einzuordnen.

»Ich bin Thomas Reitinger, wir haben uns in Helmering gesehen, im Wirtshaus.«

Sie sagte immer noch nichts. Aber sie ging auch nicht. Thomas wollte sie gerne in ein Gespräch verwickeln, diese rätselhafte, schüchterne, stille Frau, die zwischen Bruder und Lebensgefährten kaum wahrnehmbar war. Und dennoch war es vermutlich ihr Erbe gewesen, das Fehrendanz zu seinem Erfolg verholfen hatte.

Also tat Thomas etwas, was er eigentlich gar nicht gut konnte: Er begann eine Konversation.

»Ich stamme aus Helmering«, plauderte er. »Ich wohne zwar inzwischen in Regensburg, aber ich fahre immer noch öfter hinaus, gehe dort ins Wirtshaus. Aber jetzt wird's ja ein Seminarhaus.«

»Ja«, sagte sie nur, und Thomas war nicht sicher, ob er auf dieser Ebene recht gut weiterkam. Er versuchte es etwas persönlicher.

»Meine Frau meint ja, mir würde so ein Seminar auch nicht schaden«, fuhr er fort. »Wo man lernt, wie man redet und auftritt und wie man erfolgreich wird.«

Sie sah an ihm vorbei, als wäre sie mit ihren Gedanken ganz woanders. Ob sie ihm überhaupt zuhörte? Woran dachte sie? Sie wirkte so ruhig, fast sediert. Was war mit ihr los?

»Haben Sie einmal so ein Seminar besucht?«, fragte er sie, obwohl er glaubte, die Antwort zu kennen. Sie schüttelte den Kopf.

»Schade, vielleicht hätten Sie mir sagen können, ob das für mich etwas ist.«

»Da müssen Sie Achim fragen«, sagte sie leise. Der längste Satz, den sie bisher gesprochen hatte. Thomas fühlte fast so etwas wie Stolz. Und er beschloss, es mit Ehrlichkeit zu versuchen.

»Wissen Sie, vielleicht ist es auch gar nicht so wichtig, erfolgreich zu sein. Ich bin eigentlich eher einer, der seine Ruhe braucht, der's gerne gemütlich hat und mit den anderen gut auskommen will.«

»Das verstehe ich«, flüsterte sie.

Die Handwerker trugen einen Schrank aus dem Haus, Gaby Dirschl und Thomas mussten etwas zur Seite treten. Von oben war Fehrendanz' Stimme zu hören. Gaby Dirschl zuckte leicht zusammen, obwohl er den Handwerkern lediglich Anweisungen gab.

»Ihr Freund ist ja da!« Thomas war erstaunt.

Zum ersten Mal sah sie den Besucher direkt an: »Ich muss gehen.«

»Wer ist denn mit dem Auto weg?«

»Mein Bruder.«

Sie verschwand im Haus.

Thomas wollte erst hinterher, aber er war sicher, dass sie in Fehrendanz' Gegenwart kein Wort mehr reden würde. Und besonders viel hatte er ohnehin nicht aus ihr herausbekommen. Er sprach einen der Arbeiter an.

»Wo kommt das Zeug hin?«

»Weg.«

Thomas sah auf die Ladefläche. Ganz hinten, im Eck, wo es am dunkelsten war, stand etwas, was so gar nicht zu den Möbeln passte. Ein Fahrrad. Der Helm hing am Lenkrad. Thomas ging näher hin und kniff die Augen zusammen. Was war das? Ein Fahrrad. Der bunte Helm leuchtete ...

»Wollen Sie etwas davon haben?«, hörte Thomas eine freundliche Stimme hinter sich. Thomas wandte sich erschrocken um.

Fehrendanz war leise herangetreten. Er trug eine Leinenhose, eigentlich zu leicht für die Jahreszeit, Hemd und Sakko. Er wirkte gepflegt, aber es sah doch so aus, als hätte er sich heute keine besondere Mühe mit seiner Kleidung gegeben. »Die Sachen aus den Sechziger Jahren sind ja wieder sehr beliebt.«

»Das Haus wird leer geräumt?«

»Und verkauft, richtig.«

Thomas warf einen verstohlenen Blick auf das Haus.

Fehrendanz bemerkte das und lächelte. »Sie meinen, niemand interessiert sich für ein Haus dieser Machart unmittelbar neben einem Baugeschäft?«

»Sie wollen es ja auch nicht haben«, gab Thomas arglos heraus.

»Meine Lebensgefährtin und ich leben in Wuppertal in unserem Seminarhaus, mein Schwager übernimmt das Haus in Helmering, wie Sie ja bereits wissen ...«

»Beide haben auch keine allzu guten Erinnerungen an ihr Leben in diesem Haus, oder?«

Fehrendanz wirkte für einen Moment leicht verunsichert, dann aber setzte er wieder seine Maske des freundlichen und aufmerksamen Zuhörers auf. »Wie meinen Sie das, Herr ...?«

»Reitinger.«

Fehrendanz wartete noch auf eine Antwort. Thomas wog seine Worte sorgfältig ab. »Ich habe gehört, der alte Dirschl sei ein ziemlicher Tyrann gewesen.«

Fehrendanz winkte ab. »Er war sehr streng, aber er meinte es gut. Viele Väter dieser Generation waren so.«

»Sind Sie ihm je begegnet?«

»Leider kenne ich ihn nur aus Erzählungen meiner Partnerin und ihres Bruders.«

»Sie haben Gaby Dirschl also erst nach dem Tod ihres Vaters getroffen?«

Fehrendanz sah ihn mit einer Mischung aus Verärgerung und Mitleid an. »Sie kommen hierher, auf ein fremdes Anwesen, stellen sehr private Fragen ... Ein bisschen aufdringlich, finden Sie nicht?«

»Eigentlich wollte ich mit Ihnen über Helmering reden ...«

»Das ist nicht meine Sache. Ich habe die Verhandlungen jetzt ganz Herrn Morawitz und meinem Schwager anvertraut. Schließlich soll Walter das Haus auch leiten.«

»Sie trauen ihm das zu?«

Fehrendanz musterte Thomas verächtlich. »Ich kann mich auf meine Menschenkenntnis verlassen.«

»Finden Sie nicht, dass Ihr Schwager, gerade im Vergleich zu Ihrer verbindlichen, souveränen Art ...« Thomas versuchte sich als Schmeichler, aber Fehrendanz hielt es offenbar für Ironie und lächelte nicht. »Dass er also ein bisschen grob daherkommt?«, schloss Thomas.

»Er kennt die Menschen hier besser und trifft auch den Tonfall.«

So kann man's auch sehen, dachte Thomas.

Fehrendanz kam jetzt sehr schnell zur Sache. »Ich möchte nicht weiter über das Thema sprechen und bitte Sie deshalb zu gehen.«

»Aber ...«

»Verlassen Sie das Grundstück.«

»Ich hätte noch gerne ...«

»Sofort.«

Fehrendanz sagte dieses Wort sehr leise, aber es kam eiskalt. Widerspruch zwecklos. Nichts mehr zu machen. Thomas hatte gerade jetzt den Eindruck, dass er dem Motivationstrainer nicht gewachsen war. Der beherrschte doch einige Tricks, das musste man ihm lassen.

Fehrendanz beobachtete genau, wie Thomas an dem Lastwagen vorbeiging und das Grundstück verließ. Thomas konnte sehen, dass er noch eine Weile in der Tür stehen blieb, den Arbeitern Anweisungen gab und dann im Haus verschwand.

Nichts habe ich erfahren, gar nichts, dachte Thomas. Der kann wirklich reden, ohne was zu sagen. Ob der auch Klartext reden kann? Schreien? Toben? Drohen? Nicht versteckt, sondern offen?

Die Klappe des Lastwagens wurde geschlossen, der Lkw fuhr vom Hof. Thomas stand da und wusste nicht recht, was er machen sollte. Langsam schlenderte er zu seinem Auto. Ein Arbeiter der Baufirma sprach ihn an.

»Brauchst was?«

Thomas hatte eine Idee. »Ein bisserl Zement. Kann ich den bei euch kaufen?«

»Eigentlich verkaufen wir ja nicht.«

»Ich dachte, weil ich grade in der Nähe bin ... und es eilig hab.«

Der Mann gab sich großzügig: »Weil du's bist. Wieviel denn?«

»Vier Säcke«, sagte Thomas.

»Also zwei Zentner«, sagte der Mann.

Thomas nickte und biss sich fast auf die Zunge, denn einer hätte es ja auch getan.

Der Mann überlegte einen Moment. »40 Euro«, sagte er dann und Thomas war sicher, das Geld würde unmittelbar in die Tasche des Arbeiters wandern. Er gab ihm 50 Euro.

»Ich kann aber nicht rausgeben.«

»Passt so«, sagte Thomas, der sich von dem Arbeiter durchschaut fühlte. »Ich fahr gleich hinter und lade selber ein.«

Dann stieg er in sein Auto und fuhr zu dem Zaunstück, hinter dem das Dirschl-Haus lag. Im Rückspiegel sah er den spöttischen Blick des Arbeiters, von dem er sich hatte über den Tisch ziehen lassen.

Thomas machte den Kofferraum seines Autos auf, lud aber nicht den Zement ein, sondern verschwand hinter den vielen Säcken und Steinen, schlich bis zum Zaun, um sich von dieser Seite aus das Dirschl-Grundstück genauer anzusehen. Gaby Dirschl trat gerade auf die Terrasse und zündete sich eine Zigarette an. Schnell versteckte er sich zwischen den Zementsäcken und beobachtete sie. Es muss ein trostloses Leben hier gewesen sein, dachte Thomas. Eine Terrasse, die nur wenige Meter vom Baustofflager weg ist. Man sitzt draußen und sieht auf Ziegel und Säcke.

Doch auch jetzt wirkte Gaby Dirschl nicht glücklich. Sie wischte sich mit der Hand über die Augen, als hätte sie geweint.

Fehrendanz kam zu ihr auf die Terrasse. »Du kannst nicht einfach weglaufen, wenn ich mit dir rede!«

»Lass mich in Frieden.«

»Ich will wissen, was dieser Journalist gesagt hat. Er hat dich doch angesprochen.« Fehrendanz' Stimme war schneidend und kalt.

»Er hat von Helmering geredet und von deinen Seminaren ...«

»Was hast du geantwortet?«

»Nichts. Was soll ich denn sagen?«

»Was soll ich denn sagen, was soll ich denn sagen«, Fehrendanz äffte seine Freundin nach. Gnadenlos und hart klang das. »Dass er gehen soll, das hättest du sagen sollen!«

»Ich kann das eben nicht!«, schluchzte sie.

»Was kannst du überhaupt?«

Wenn das Motivationstraining ist, dann heiße ich Goethe, dachte Thomas und lugte aus seinem Versteck hervor. Der coole Motivator zeigt sein hässliches Gesicht.

»Ich will weg von hier«, sagte sie.

»Stell dich nicht so an. Wir räumen das Haus aus und erst dann fahren wir. Morawitz kümmert sich um den Verkauf.«

»Die Sache mit Karl ...«

»Hör auf. Das ist vorbei.«

»Das geht nie vorbei.« Sie weinte immer noch.

Fehrendanz zog eine Tablettenpackung aus seiner Sakkotasche, drückte zwei Pillen heraus und reichte sie ihr. Sie schüttelte den Kopf.

»Gegen die Erinnerung helfen keine Tabletten.«

»Du bist krank«, sagte er warm und weich. »Aber ich sorge für dich.«

»Wo ist Walter?«

»Er holt den Vertrag in Helmering.«

»Was ist, wenn der Wirt nicht unterschreibt?«

Thomas hörte ein Schlurfen hinter sich und wandte den Kopf. Der Arbeiter kam grinsend näher. Thomas verließ sein Versteck und ging schnell zum Auto zurück, ohne dass Fehrendanz oder Gaby Dirschl ihn bemerkt hätten.

»Soll ich dir helfen?«

»Nein, passt schon«, winkte Thomas ab.

Der Arbeiter sah amüsiert zu, wie Thomas die Säcke in den Kofferraum wuchtete.

Viel hatte er ja nicht in Erfahrung gebracht, dachte Thomas, als er seine Gedanken und Eindrücke auf dem Weg nach Helmering sortierte. Sie räumten das Haus aus. Und schafften damit auch die

Erinnerungen weg, die Gaby Dirschl offenbar so sehr quälten. Da war noch etwa anderes ... Das Fahrrad ... Weshalb kam das Fahrrad weg? Und der bunte Helm ...

Irgendetwas ist mit diesem Helm, dachte er. Was ist es bloß? Er kramte in seinen Erinnerungen. Lila, rund - genau! Degenhardt hatte ihm die Fotos vom Max-Schultze-Steig gezeigt. Der Ballon, der auf einem Foto so verschwommen in einem Eck zu sehen war. Es könnte ein Helm gewesen sein, möglicherweise sogar dieser Helm. Demnach hatte Degenhardt also nicht gelogen. Ein Radfahrer hatte ihn gerempelt. Ein Mountainbiker mit einem lila Helm. Fehrendanz oder Walter Dirschl. Thomas hatte keine Zeit, über die Zusammenhänge nachzudenken, denn er hatte immer mehr das Gefühl, dass Hitzlkofer in Gefahr war. Was würden die nicht alles tun, um seine Unterschrift zu erhalten? Er rief dort an, aber keiner ging ans Telefon. Er brauchte noch eine halbe Stunde bis Helmering. Am besten sollte gleich jemand nach dem Rechten sehen. Aber wer?

Er rief bei Wachter an, aber der ließ ihn abblitzen. »Thomas, ich habe Sprechstunde. Ich kann hier nicht weg.«

Thomas rief seine Mutter an, ob sie nicht jemanden verständigen könnte. »Ich sag dem Freisleder Bescheid«, versprach Therese Reitinger.

Thomas wusste nicht, ob Sepp Freisleder wirklich die richtige Besetzung für diese Aufgabe war. Aber besser als nichts.

»Der Sepp soll mich anrufen, wenn er etwas Komisches beobachtet. Gib ihm meine Handynummer.«

Dann stellte er den Klingelton seines Handys an, da er das Brummen oft nicht wahrnahm. Schließlich wollte er für Freisleder erreichbar sein.

Eine halbe Stunde später kam er nach Helmering. Vor dem Wirtshaus parkte ein Geländewagen. Aber Freisleder hatte sich nicht bei ihm gemeldet. War alles in Ordnung?

Thomas überlegte kurz, dann fuhr er um das Wirtshaus herum und nahm den Hintereingang.

»Unterschreib!«

Das Wort kam so heftig und so plötzlich aus der Wirtsstube, dass Thomas unwillkürlich zusammenzuckte.

»Bitte ...« Das war der Hitzlkofer.

»Unterschreib!«

»Nehmen Sie doch das Messer weg!« Freisleder.

»Maul halten!« Ein Schlag. Ein Wimmern.

»Ich will die Hüttn haben!«, schrie Dirschl. »Und deine Witwe wird sie mir schon geben.«

Thomas wusste, dass er das allein nicht hinkriegen würde. Er schlich hinaus und rief die Polizei.

Wartend stand er im Hinterhof des Wirtshauses. Es würde dauern, bis die Polizei kam. Ob sie mit Blaulicht vorfuhren? Ob Dirschl dann nicht erst recht ausrastete? Konnte er Freisleder und Hitzlkofer in ihrer Angst und Verzweiflung da drinnen allein lassen? Wo war eigentlich die Frau des Wirts?

Thomas kam sich feige vor, wie er hier stand und wartete. Aber wenn er hineinging, wie konnte er Freisleder und Hitzlkofer helfen? Dirschl hatte offenbar ein Messer und seine Fäuste, mit denen er sehr gut umzugehen wusste, wie Thomas schon erfahren hatte.

Aber vielleicht gelang es ihm, Dirschl aus der Gaststube zu locken und ihm eine Falle zu stellen.Thomas schlich zurück in den Flur. Er bog seitlich in die Küche ab. Auf dem Gasherd stand ein Topf auf kleiner Flamme. Thomas bewaffnete sich mit einer schweren Pfanne. Er hörte, wie Dirschl in der Gaststube herumbrüllte, konnte die Worte aber kaum verstehen. Er klapperte mit einem Topf, um Dirschl anzulocken.

»Was ist das?« Dirschl wurde aufmerksam.

»Nichts.« Das war Hitzlkofer.

Ein Schlag, ein Aufstöhnen. »Da ist doch wer!«

Vielleicht war es doch keine so gute Idee gewesen, überlegte Thomas. Er provozierte den Wahnsinnigen nur. Ob er lieber wieder gehen sollte?

»Nachschauen! Beide mitkommen!«, brüllte Dirschl. »Und wenn einer abhaut, brech ich dem anderen das Genick!«

Das trau ich ihm zu, dachte Thomas. Hitzlkofer sah herein, riss vor Erstaunen die Augen auf. Thomas legte den Finger auf den Mund.

»Da ist nichts!«, rief Hitzlkofer, dessen Gesicht deutlich Spuren von Dirschls Fäusten zeigte.

»Willst mich reinlegen, wart nur.«

Schwere Schritte kamen näher. Thomas zog Hitzlkofer schnell in den Raum und versteckte sich hinter der Tür. Wenn Dirschl jetzt hereinkäme, könnte er ihn mit der Pfanne niederschlagen. Aber der blieb draußen im Flur.

»Was schaust so lange?«, sagte Dirschl zu Hitzlkofer. »Komm wieder raus.«

Hitzlkofer guckte Thomas fragend an, der nickte ihm bestätigend zu. Dann hörte Thomas wieder den Freisleder wimmern. »Nimm das Messer weg. Bitteschön.«

Da klingelte Thomas' Handy. Immer wieder. Endlich hatte er es herausgeholt. Er erkannte die Nummer von Corinna Gröbinger, aber er musste den Anruf wegdrücken.

»Da ist noch wer.« Dirschl sprach leise und lauernd. Er kam in die Küche, mit ihm Hitzlkofer und Freisleder.

»Das ist unser Telefon!«, sagte Hitzlkofer geistesgegenwärtig.

»Verkauf mich net für blöd!«

Jetzt hörte Thomas den Hitzlkofer bitten: »Nein, tu mir nichts, was machst denn mit dem Messer?«

»Wer ist da? Und wo? Du weißt es! Er soll rauskommen oder ich bring dich um!«

Thomas überlegte fieberhaft. Sollte er aufgeben? Er wollte gerade aus seiner Deckung kommen, als er die Stimme von Frau Hitzlkofer hörte.

»Jesus, Maria und Josef, was ist denn hier los? Da brennt's ja!«

Thomas lehnte sich vor und sah Flammen aus dem Topf auf dem Gasherd lodern. Offenbar war Fett drin gewesen, niemand hatte mehr danach gesehen, es hatte sich entzündet. Die Hitzlkoferin wollte hineilen.

»Keiner rührt sich von der Stelle!«, brüllte Dirschl und warf sein Messer. Freisleder schrie auf. Dann hörte Thomas ein Zischen, es wurde blendend hell, selbst hinter seiner Tür. Dirschl brüllte, als müsste er sterben. Thomas hielt es nicht mehr. Er stürzte hinaus und sah, was passiert war.

Eine Stichflamme hatte Dirschl offenbar erwischt, es roch nach verbranntem Haar, er hatte die Hände vors Gesicht geschlagen.

»Raus hier!«, schrie Thomas und sah jetzt erst, dass Freisleder verletzt am Boden lag: »Mein Bein!«

»Ich muss löschen!«, rief der Hitzlkofer. »Mein Sach!«

»Raus!«, schrie Thomas noch einmal, zog den Freisleder hinaus in den Flur, kam dann zurück, schubste Hitzlkofer und seine Frau hinaus. Kurz überlegte er, ob Dirschl ihn nicht niederschlagen würde, wenn er ihm helfen wollte, da kam schon Albert Lauber in Feuerwehrmontur herein.

»Wasser auf brennendes Fett! Welcher Depp war denn das?«

Die Sanitäter kümmerten sich um die Verletzten. Dirschl schlug trotz seiner Verletzungen um sich und verteilte Verwünschungen und Flüche in alle Richtungen. Die Polizisten legten ihm Handschellen an.

Freisleder saß da, das Bein verbunden und hochgelegt. Er winkte Thomas zu sich heran. »Danke, du hast mich gerettet.«

»Ich hab dich ja auch in die Situation gebracht.«

Freisleder verstand nicht auf Anhieb.

Thomas wollte ihm eine Freude machen. »Ich hab zur Mutter gesagt: Schick einen hin, der dem Rudi helfen kann. Da hat sie geantwortet: Das ist der Sepp.«

Für einen Moment war Freisleder glücklich – trotz aller Schmerzen. »Gell, jetzt sind wir quitt.«

Thomas wusste nicht recht, was Freisleder damit meinte.

»Weil damals, als der Schindler ermordet worden ist, hätte ich dir sagen können, wer's war ...«

»Ich an deiner Stelle hätt auch nichts erzählt.«

Hitzlkofer und seine Frau standen starr da und beobachteten die Löscharbeiten der Feuerwehr.

»Meine schöne Küche«, schluchzte sie.

Er nahm ihre Hand und drückte sie fest.

Thomas Handy klingelte, eine Nachricht, er solle seine Mailbox abhören. Siedend heiß fiel ihm ein, dass ja Corinna Gröbinger angerufen hatte.

»Wir waren für vier Uhr verabredet. Aber Sie sind nicht da.«

Das war alles. Thomas rief zurück, doch sie ging nicht mehr ans Handy. Sie trifft sich mit diesem Heidebrand, dachte er. Sie will ihn zur Rede stellen.

Bevor ihn noch ein Polizist als Zeugen vernehmen konnte, sprang er ins Auto und fuhr los. Unterwegs rief er Jana Meyerbeer an.

»Wirst du nicht gerade in Helmering befragt?«

»Ich fahre nach Bad Abbach. Aber ich habe Angst, dass ich zu spät komme.«

Jana Meyerbeer hörte sich Thomas' Bericht an: »Wir sehen uns dort. Bis gleich.«

Thomas wollte gerade das Handy weglegen, als es erneut klingelte. Seine Mutter. Er erzählte ihr eine extreme Kurzfassung der Ereignisse, sie würde ja eh keine Ruhe geben, dann schaltete er aus und gab Gas.

So hatte der Kurpark auch ausgesehen, als er das erste Mal hierher gekommen war. Eine Menge Polizeifahrzeuge, ein Menschenauflauf an der Trinkhalle. Thomas lief quer durch den Park so schnell er konnte. Das durfte doch nicht wahr sein! Hoffentlich war das alles nur ...

Gunther Heidebrand wurde abgeführt. Thomas sank das Herz in die Hose. Er war zu spät gekommen.

Er rannte auf Jana Meyerbeer zu. »Was ist passiert?«

»Ganz ruhig. Wir waren rechtzeitig da.«

»Was hat er ihr getan?«

Erst jetzt sah er Corinna Gröbinger da stehen, an die Mauer gelehnt, kreidebleich. Nur mit einem Ohr hörte er, was Jana ihm sagte.

»Sie ist mit ihm hierher gegangen, sie hat ihm ins Gesicht gesagt, dass er der Mörder ihrer Mutter sei und dann hat sie eine Pistole gezogen.«

»Hat er den Mord an Marita Hauner gestanden?«

»So weit sind wir noch nicht. Aber sein Alibi ist geplatzt. Die Zeugin hat es mit den Zeitangaben nicht so genau genommen.«

»Er hat also Marita Hauner getötet und sich dann mit einer anderen Frau getroffen? Ganz schön kaltblütig.«

»Wir waren ihm übrigens schon auf der Spur«, sagte Jana Meyerbeer. »Schließlich gehen wir jedem Verdacht nach, auch wenn er so verquer geäußert wird wie von der Tochter des Opfers.«

»Wieso hast du dann so getan, als würdest du ihr nicht glauben?«, fragte Thomas verärgert.

»Hab ich das?« Thomas ging auf den scherzhaften Ton nicht ein, sondern versuchte es mit bockigem Schweigen.

»Du musst mir meinen Job nicht erklären, Thomas«, fuhr sie fort. »Natürlich ist uns auch aufgefallen, in welcher Verfassung Herbert Hauner war, dass er sich bei seinem Geständnis in Widersprüche verwickelt hat und dass es bei dem Alibi des Liebhabers zeitlich etwas knapp war. Aber du solltest Verständnis haben, dass ich einen Journalisten nicht über laufende Ermittlungen informiere.«

Im Gehen wandte sie sich noch einmal um.

»Trotzdem danke, dass du mich verständigt hast. Wir konnten hier Schlimmeres verhindern.«

»Danke, dass du gekommen bist.«

Sie lächelten sich doch noch an.

Thomas ging zu Corinna Gröbinger, die ihm erschöpft entgegensah.

»Das wäre alles nicht passiert, wenn ich pünktlich gewesen wäre«, meinte er schuldbewusst.

»Es ging auch ohne Sie. Die Polizei war ja da.«

»Sie hätten ihn beinahe erschossen.«

»Ich gehe doch nicht unbewaffnet zum Treffen mit einem Mörder.«

Thomas war kaputt, als er nach Hause kam. Er schnupperte an sich: Er roch nach Brand und Rauch. Die Bilder in seinem Kopf waren immer noch da: Der angstgeweitete Blick Hitzlkofers, der zum Himmel gewandte Freisleders, der irre von Walter Dirschl. Und dann der müde Blick Corinna Gröbingers, der nachdenkliche Jana Meyerbeers ...

Wo war Lisa eigentlich?

Thomas duschte sich und zog etwas Frisches an. Als er sich gerade ein Bier einschenken wollte, kam Lisa herein und nahm ihn in den Arm.

»Bist du in Ordnung?«

Thomas sah sie fragend an.

»Deine Mutter hat mir erzählt, was in Helmering passiert ist. Ich wollte dich gleich anrufen, aber ...«

»Ich weiß, mein Handy ist aus.«

»Im Radio habe ich gehört, dass es in Bad Abbach auch eine Verhaftung gegeben hat.«

Thomas nickte und erzählte kurz, was er dort erlebt hatte.

Lisa sah ihn mitfühlend an. »Ich kann verstehen, wenn du jetzt deine Ruhe willst. Aber leider hast du noch einen Termin.«

»Das wüsste ich aber.«

»Willst du Therese und mich nicht zur Bürgerversammlung nach Helmering begleiten?«

Thomas lachte ungläubig. »Das Wirtshaus ist eine Ruine! Wo soll eine Versammlung stattfinden?«

Lisa schmunzelte: »Lass dich überraschen.«

Sie holten noch Thomas' Mutter ab, dann fuhren sie zu dritt nach Helmering. In der Dunkelheit sahen sie die Bürger alle auf ein Ziel zusteuern: die Kirche.

»Die Bürgerversammlung ist in der Kirche?«, fragte Thomas ungläubig.

»Es kommen mehr Leute, als wenn eine Messe wäre«, ergänzte Therese Reitinger und sie klang eigentlich ganz zufrieden.

Tatsächlich war die Kirche voll bis auf den letzten Platz. Doch als Degenhardt die Reitingers kommen sah, da winkte er sie nach vorne.

»Hier, in den Seitenbänken vom Altarraum, da ist noch was frei.«

Sie saßen da, wo sonst die Ministranten waren.

»Hinter der Versammlung, da steckt doch ihr zwei«, flüsterte Thomas seiner Mutter und seiner Frau zu, und die wechselten einen verschwörerischen Blick.

Degenhardt nahm am Ambo den Platz des Pfarrers ein. »Liebe Helmeringerinnen und Helmeringer ...« Er strahlte in die Runde.

»Danke, dass Sie alle zu unserer Bürgerversammlung gekommen sind, obwohl ich sie so spontan einberufen habe. Ich danke auch Pfarrer Heimerl aus Neukirchen, der uns erlaubt hat, dieses Gotteshaus als Treffpunkt zu wählen, weil es ja doch die Mitte des Ortes ist und Helmering beinahe - ich sage beinahe! - seinen zweiten Mittelpunkt verloren hätte.«

Thomas' Blick ging die einzelnen Reihen durch. Vorne die Hitzlkofers, die sich immer wieder erleichtert und liebevoll ansahen wie vermutlich schon seit Jahren nicht mehr, auch Freisleder war da, der nur Augen für Therese Reitinger hatte, Degenhardts Familie, die Wachters saßen ebenfalls ganz vorne.

»Niemand von uns ahnte, dass sich ein skrupelloser Geschäftsmann unser schönes Wirtshaus unter den Nagel reißen wollte. Ein Mann, der auch vor Körperverletzung oder Mord nicht zurückschreckt. Auch wenn die Ermittlungen der Polizei noch nicht abgeschlossen sind, so bin ich mir sicher, dass auch der Überfall auf mich auf das Konto dieser Leute geht. Mein Engagement für den Erhalt des Wirtshauses hätte ich also fast mit dem Leben bezahlt.«

Niemand in der Kirche widersprach, obwohl die meisten wussten, dass der Bürgermeister bisher nichts dafür getan hatte, damit das Wirtshaus erhalten blieb. Er dreht's doch immer wieder so, dass er gut dabei aussieht, dachte Thomas.

Während er seinen Gedanken nachhing, war Degenhardt in seiner großen Rede schon weiter. Er habe bis vor wenigen Minuten mit den Mitgliedern des Gemeinderats gesprochen - und sie waren sich einig geworden, sie wollten das Wirtshaus kaufen. Dann könnte man die Idee der Aktiengesellschaft verwirklichen, wie sie Lisa Reitinger vor kurzem einigen Bürgern schon vorgestellt hatte. Damit erteilte er Lisa das Wort.

Lisa stand auf und lächelte in die Runde. »Es ist das erste Mal, dass ich in einer Kirche rede – und dann auch noch über Geld und Aktien«, sagte sie, und einige lachten.

Sie macht es gut, dachte Thomas. Sollte sie nervös sein, so merkt man ihr das gar nicht an. Er hatte den Eindruck, das war wirklich ihr Projekt. Sie hatte Spaß daran, dieses Wirtshaus zu erhalten und neu zu organisieren.

Lisa redete unterdessen weiter.

»Walter Dirschl wurde festgenommen, und vielleicht kann man auch diesem Fehrendanz etwas nachweisen, aber das ist Sache der Polizei.«

»Wenn sich der Thomas nicht wieder einmischt«, rief Freisleder und wieder lachten einige.

»Ich bin froh, dass nicht mehr passiert ist«, sagte Lisa. Dabei sah sie erst ihren Mann an, dann aber auch Freisleder und Familie Hitzlkofer.

»Wäre schade gewesen um unser schönes Wirtshaus«, bestätigte die Frau des Wirtes.

»Auf einmal ist es doch schön!«, rief ihr Mann, und als Lisa nachfragte, ob sie denn auch unter dem neuen Modell Wirtsleute bleiben wollten, da sagte sie: »Ich würde gerne noch mal eine Nacht drüber schlafen. Oder auch zwei.«

Degenhardt wurde unruhig, ging es doch im Moment so gar nicht um ihn und seine politischen Erfolge.

Mit sachlichen Worten erklärte Lisa dann das Konzept der Aktiengesellschaft. Therese Reitinger teilte wieder Zettel aus, auf denen die wichtigsten Punkte zusammengeschrieben waren.

»Sie haben Zeit, es sich zu überlegen, ob und wie viel Sie investieren wollen. Denn zunächst einmal muss das Wirtshaus ja von Grund auf saniert werden«, erklärte Lisa. »Und weil noch kein Geld da ist, wird das wohl zum großen Teil in Eigenleistung stattfinden.«

Freisleder stand auf: »Das kriegen wir schon hin, das schweißt uns so richtig zusammen.«

Die Helmeringer klatschten. Ob sie Lisa oder Freisleder applaudierten, ob sie einfach nur erleichtert waren, weil alles so gut ausgegangen war, niemand konnte das wissen. Degenhardt stand auf und verbeugte sich.

Auf der Heimfahrt waren alle sehr schweigsam. Lisa chauffierte, Therese Reitinger saß neben ihr, Thomas saß hinten, immer wieder fielen ihm die Augen zu.

»Dein Auto gibt auch bald den Geist auf«, sagte Lisa, als sie bergauf zurückschalten musste. »Es zieht so schlecht.«

»Weil ein Haufen Zement im Kofferraum liegt«, erinnerte sich Thomas.

»Das musst du mir erklären«, sagte seine Frau.

Lisa setzte Therese vor ihrer Wohnung ab, wünschte ihr eine gute Nacht und gemeinsam mit Thomas fuhr sie nach Hause.

»Ich weiß immer noch nicht, wie du den Bürgermeister weich geklopft hast, so dass er bei dieser Wirtshaus AG mitspielt«, sagte Thomas.

»Ich habe mit ihm verhandelt wie ein Politiker.«

Thomas sah sie verständnislos an, und sie lachte.

»Er hilft mir bei der AG und keiner erfährt, dass er zu den Freien Wählern wechseln will.«

»Das ist Erpressung.«

»Diplomatie.«

»Aber es war meine Geschichte! Für die Zeitung!«

»Du kannst sowieso nichts beweisen. Degenhardt würde alles abstreiten, und Marita Hauner lebt nicht mehr. Aber so war diese Information doch noch für etwas zu gebrauchen.«

Thomas nahm seine Frau in die Arme. »Ich habe das Gefühl, ich kriege gar nichts mehr mit. Du ziehst da ein Projekt in Helmering auf …«

»Wärst du mehr zu Hause, würdest du mehr mitbekommen.«

»Jetzt bin ich da – und ich habe das Gefühl, du willst mir noch was sagen.«

Lisa zögerte: »Das siehst du mir an?«

»Hat's mit uns zwei zu tun, oder vielmehr drei?«

Sie schüttelte den Kopf: »Ich habe mit den Leuten von der Wohnungsbaugenossenschaft geredet.«

»Du hast ihnen gesagt, dass du schwanger bist?«

»Und dass ich die erste Zeit zu Hause bleiben möchte nach der Geburt.«

»Dann könntest du ja erst Anfang 2011 wieder arbeiten!«

»Das auch nur, wenn du Elternzeit nimmst«, bestätigte sie.

Selbst wenn er das machte, sie würden niemandem eine Zusage geben, der erst in einem Jahr zur Verfügung stand. Aus war's mit Lisas neuer Stelle, dachte Thomas und sah sie mitfühlend an, aber sie lachte von einem Ohr zum andern.

»Sie nehmen mich trotzdem.«

»Das musst du mir erklären«, meinte Thomas.

Das Projekt verzögerte sich ohnehin, erzählte Lisa, die Stadt müsse erst das Grundstück zur Verfügung stellen, dann würden sie bauen, sie könnte nach und nach einsteigen, sich jetzt schon stundenweise einarbeiten, ins Team hineinwachsen, eine volle Stelle würde es ohnehin frühestens in einem guten Jahr werden.

»Aber, das ist ja großartig für dich – und für uns ebenso. So wirst du auch richtig viel Zeit haben, alles ganz in Ruhe vorzubereiten und dich mit mir auf das Kind zu freuen.«

»Ja, aber da ist auch noch das Wirtshaus in Helmering, um das ich mich kümmern muss.«

»Was davon übrig ist«, brummte Thomas, und Lisa schnupperte an seinen Haaren. »Du riechst immer noch nach Rauch.«

12. Kapitel

»Musst du schon wieder weg?«

Lisa blinzelte verschlafen, als er ihr am Morgen den Tee ans Bett brachte.

Thomas nickte: »Ich muss beide Geschichten schreiben, die von Bad Abbach und die von Helmering.«

Er gab ihr einen Kuss, und sie lächelte. »Das neue Aftershave vom Christkind?«

»Ich hab noch einmal geduscht. Wer will denn schon riechen wie ein geräuchertes Stück Fleisch?«

Eigentlich liebte Thomas diese Feiertage, die es nur in Bayern gab und die man niemandem außerhalb der Grenzen des Freistaats begreiflich machen konnte. Mariä Himmelfahrt zum Beispiel. Oder eben Dreikönig. Wenn er einen zugezogenen Kollegen ärgern wollte, dann sagte er: »War das schön, als Josefi noch ein Feiertag war!« Wohl wissend, dass der nicht ahnen konnte, dass er vom 19. März, dem Gedenktag des heiligen Josef sprach. Und außer Acht lassend, dass Reitinger sich selbst nicht mehr an die Zeiten erinnern konnte, als dieser Tag ein Feiertag war. Er kannte diesen Spruch nur von der Mutter.

Dreikönig war einer seiner liebsten Feiertage. Eine Art Schlussstrich nach der Weihnachtszeit, die Kollegen kamen nach und nach aus dem Weihnachtsurlaub wieder, alles ging wieder seinen gewohnten Gang. Dabei hatte er von Weihnachten, Silvester und Neujahr dieses Mal besonders wenig mitbekommen. Und auch an diesem Feiertag hatte er nicht frei. Nicht, dass ihm das Festliche fehlte, aber ein gemütlicher Nachmittag, eine ruhige Nacht mit acht Stunden Schlaf, das alles hatte es nicht gegeben, er würde es hoffentlich nachholen können. Im Sommer würde es dann für ihn ohnehin vorbei sein mit den ruhigen Nächten, aber wenn er allein war und in sich hineinhorchte, so wie jetzt, dann spürte er, wie sehr er sich auf das Kind freute.

Es war noch niemand in der Redaktion. Thomas machte kurz einige Notizen, was er über Bad Abbach schreiben wollte, druckte sie aus und legte sie zur Seite. Erst wollte er noch erfahren, was bei der ersten Vernehmung von Walter Dirschl herausgekommen war.

Jana Meyerbeer ging sofort an ihr Handy.

»Joggen, Bergsteigen, Radfahren, Skifahren - wobei störe ich dich?«, fragte Thomas.

»Ich habe Dienst und du vermutlich auch.«

»Deshalb rufe ich an.«

»Walter Dirschl sagt nicht viel«, berichtete Jana Meyerbeer. »Fehrendanz hat ihm gleich einen Anwalt geschickt. Es ist von einer Ausnahmesituation die Rede. Hitzlkofer habe ihn provoziert, er habe unter Tabletteneinfluss gestanden, die Nerven verloren. Eigentlich ein völlig harmloser, netter, freundlicher Mensch, der bislang nie etwas Böses getan hat.«

Thomas betastete sein Gesicht und dachte an den Schlag, den Dirschl ihm verpasst hatte bei ihrer ersten Begegnung in Helmering. »Ich habe ihn anders in Erinnerung. Er ist gewalttätig und brutal auf eine sehr plumpe, direkte Art. Und sein Mentor Fehrendanz setzt ebenfalls gnadenlos seine Interessen durch, aber der kann das sehr subtil und hinterhältig.«

»Uns gegenüber zeigt sich Fehrendanz sehr kooperativ. Er sagt, ihm sei an rückhaltloser Aufklärung gelegen, schließlich stehe auch der gute Ruf seiner Organisation auf dem Spiel ...«

»... mit der er anderen Menschen helfen will, zu sich selbst zu finden, ihre inneren Ressourcen zu nutzen, um erfolgreich, glücklich und mit einem Ziel durchs Leben zu laufen.«

Jana Meyerbeer lachte: »Wie viele Kurse hast du schon gemacht?«

»Hinter Fehrendanz' demonstrativer Bereitschaft zur Zusammenarbeit verbirgt sich wahrscheinlich nur sein Wille, mit vielen Worten die Fakten zu verschleiern und eure Ermittlungen unter Kontrolle zu haben.«

»Du traust uns ja gar nichts zu!«, meinte Jana Meyerbeer empört.

»Habt ihr denn mit Gaby Dirschl schon geredet?«

»Fehrendanz sagt, sie sei krank. Er hat sogar ein ärztliches Attest vorgelegt.«

Der denkt wirklich an alles, dachte Thomas.

»Der Typ steckt doch hinter all diesen Überfällen, Unfällen und Intrigen«, sagte er dann. »Der muss doch zu packen sein.«

»Wir haben aber nichts gegen ihn in der Hand.«

»Vielleicht willst du mir wieder mal keinen Einblick in den Stand der Ermittlungen geben.«

»Lass uns morgen telefonieren, Thomas. Fehrendanz kommt in einer Stunde vorbei ...«

»Bei der Kripo?«

»Wie gesagt, er gibt sich kooperativ.«

Thomas überlegte nur einen Augenblick. Dann schrieb er dem Chef und Andrea Kriegler eine kurze Notiz. Er müsse noch einmal weg. Aber die Abbacher Geschichte habe er schon grob skizziert und die Helmeringer schreibe er auch noch - später. Dann fuhr er nach Straubing.

Wieder parkte er vor dem Container des Baugeschäfts. Heute war das Lager noch verlassener, schließlich war Feiertag. Der Zement, den er gestern gekauft hatte, lag immer noch hinten im Kofferraum. »Ich brauche das blöde Zeug doch gar nicht«, dachte er und wollte ihn schon wieder ausladen. Doch dann fiel ihm ein, dass die Helmeringer ja ihr Wirtshaus renovieren würden. Vielleicht käme seine Zement-Spende ganz gelegen.

Zu Fuß ging er zum Haus der Dirschls, lugte in den Hof. Der Geländewagen war nicht da, offenbar war Fehrendanz schon nach Regensburg gefahren. Er wollte auf das Haus zugehen und klingeln, da sah er Gaby Dirschl herauskommen.

Erstaunlich, dass sie sich alleine auf den Weg machte, dachte Thomas zuerst. Sie wirkte so unselbstständig, fahrig, lebensuntüchtig, freudlos. Andererseits: Sie mochte dieses Haus nicht, das hatte er selbst gehört.

Er folgte ihr. Wohin wollte sie gehen? Er hatte keine Ahnung. Eine halbe Stunde dauerte ihr Weg, dann hatte sie ihr Ziel erreicht.

Ein Friedhof. Thomas beobachtete, wie sie den Weg entlangging, und folgte ihr in entsprechendem Abstand.

Kurt Dirschl, Maria Dirschl, Karl Dirschl stand auf dem Grabstein. Der Vater, die Mutter, der Bruder. Stumm stand sie da. Sie zupfte keinen Grashalm heraus, sie bewegte sich gar nicht. Mehrere Minuten wartete Thomas, dann ging er zu ihr, stellte sich daneben. Sie bemerkte ihn, sagte aber nichts. Auch er schwieg einige Minuten. Lange Minuten. Er hatte das Gefühl, dass diese Ruhe ihnen beiden guttat.

»Mit Ihnen kann man gut schweigen«, sagte sie auf einmal.

Und dann schwiegen sie wieder einige Zeit.

»Mit mir kann man auch gut reden«, antwortete er.

»Er hat einen Vortrag bei der Mittelstandsvereinigung gehalten«, fing Gaby Dirschl unvermittelt an, als sie über den Friedhof gingen. »Ich war mit Karl dort. Mein Bruder war begeistert von Achim – und ich sofort verliebt.«

Damals war Fehrendanz offenbar noch ein kleiner Fisch, der mit seinen Vorträgen durch die kleineren Städte tingelte und die neue Generation der Unternehmer ansprechen wollte, dachte Thomas.

»Natürlich hat Achim gleich erkannt, dass wir in der Firma nichts zu sagen hatten. Mein Vater hatte immer noch das Heft in der Hand.«

Und Fehrendanz hat mitbekommen, dass eine Menge Geld da war, ergänzte Thomas in Gedanken.

»Ihr Vater war ein Tyrann, heißt es.«

»Und Tyrannen darf man töten.«

»Sagt Ihnen das Ihr Gewissen?«

»Das sagte Achim.«

Thomas sah sie verdattert an.

»Er war's nicht. Ich hab's getan.«

Thomas schluckte. Er stand einer Mörderin gegenüber.

»Waren Sie nachher glücklicher?«

Gaby Dirschl sah ihn traurig an. Dann schüttelte sie den Kopf.

Wieder waren sie eine Weile still.

»Achim war so anders als mein Vater und meine Brüder.«

»Auf seine Weise ist er auch grausam, oder?«

»Er hat mir geholfen, von hier wegzukommen.«

Thomas wollte nicht noch einmal darauf hinweisen, dass sie dadurch nicht glücklicher geworden war. Ihn interessierte noch die Rolle Walters in dem Spiel.

»Warum hat Fehrendanz Ihrem Bruder geholfen – und hilft ihm immer noch?«

Sie schwieg.

»Weiß Walter zu viel? Zum Beispiel, dass Sie Ihren Vater getötet haben und Fehrendanz Sie dazu angestiftet hat?«

Gaby Dirschl schwieg weiterhin. Gleich macht sie wieder dicht, überlegte Thomas. Ich bin zu plump mit meiner Fragerei.

»Den Karl mochten Sie lieber als den Walter, nicht wahr?«

Sie nickte.

»Er war der Nettere von beiden, oder?«

»Aber er hat das alles nicht ausgehalten: Wie der Vater gestorben ist, dass ich weg bin, dass der Walter ihn so schikaniert hat ...«

»Karl hat sich umgebracht, Walter wird verurteilt, Sie auch, und Fehrendanz macht weiter – mit Ihrem Geld.«

Sie brauchte lange, bis sie etwas sagte: »Ich habe Angst.«

»Manchmal denke ich, er sollte mehr Angst vor Ihnen haben als Sie vor ihm.«

Sie schwiegen beide auf der Fahrt nach Regensburg.

Gaby Dirschl konnte ihre Hände nicht stillhalten, fuhr sich durchs Haar, übers Gesicht, spielte mit einem Bleistift, mit ihrem Ohrring.

»Ich will ihn nicht sehen«, sagte sie noch, als sie bereits in der Stadt waren.

Thomas rief Jana Meyerbeer an. Tatsächlich war Fehrendanz noch bei der Kripo, gab sich auskunftsfreudig und hilfsbereit.

»Walter Dirschl hat angeblich alles alleine geplant und durchgezogen. Sowohl damals in Kallmünz als auch in Helmering«, erzählte sie Thomas. »Fehrendanz bezeichnet sich selbst als Gegner von Gewalt. Ich glaube ihm sogar, dass er nie zu solchen Mitteln greifen würde.«

»Für die Drecksarbeit hatte er ja den Bruder seiner Freundin.«

»So schlau bin ich auch schon, aber wir können es nicht beweisen.«

»Ich komme gleich mit Gaby Dirschl, aber sie will Fehrendanz nicht über den Weg laufen.«

Jana Meyerbeer schwieg einen Moment: »Was hast du gemacht, damit sie zu einer Aussage bereit war?«

»Mein Charme.«

»Ich werde die Bayern nie verstehen«, sagte Jana Meyerbeer.

Thomas nahm Jana das Versprechen ab, dass sich jemand um Gaby Dirschl kümmern, ein Psychologe eingeschaltet würde, dass man sie nicht allein ließe in ihrer Angst und mit ihren Schuldgefühlen.

Gerne wäre er noch geblieben, um Fehrendanz' Gesicht zu sehen, wenn Gaby Dirschl ihre Aussage gemacht hatte. Er hatte sie zu dem Mord an ihrem Vater angestiftet, er hatte auch ihren Bruder Walter zu Straftaten verleitet. Er sollte nicht ungeschoren davonkommen, der Motivator.

Thomas machte sich zufrieden auf den Weg zur Redaktion. Ja, er hatte doch einiges dazu beigetragen, diesen Fall zu klären. Hatten doch immer alle gesagt, es sei egal, wenn in Helmering das Wirtshaus kaputt gehe. Es sei Einbildung, dass Degenhardt den Hang hinuntergestoßen wurde. Gnadl sei eines tragischen, aber natürlichen Todes gestorben. Dann noch die Geschichte in Bad Abbach ... Er würde schreiben, wie er gestern auf die Trinkhalle zugestürmt kam, wie Heidebrand abgeführt wurde und er dachte, der habe Corinna Gröbinger auch ermordet ...

Noch unterwegs rief er seinen Straubinger Kollegen Zottl an und riet ihm, mal bei der Regensburger Kripo nachzufragen, ob die nicht was für ihn hätten. Es ginge um den Tod des alten Dirschl und um seine Kinder.

»Muss das heute am Feiertag sein?«, fragte Zottl.

»Wenn du bis morgen wartest, kannst es auch bei uns in der Zeitung lesen.«

Thomas platzte mitten in eine Konferenz.

»Da sind Sie ja!«, rief der Chef. »Setzen Sie sich zu uns, ich referiere gerade den Mordfall Hauner.«

Thomas nahm sich eine Tasse Kaffee und setzte sich.

»Dieser Heidebrand hat also Marita Hauner kennengelernt, weil er in der physiotherapeutischen Praxis behandelt wurde, in der sie arbeitete. Für ihn war es eine kleine Affäre. Er sagt, er habe nicht gemerkt, dass es für Marita Hauner mehr war und sie ihr ganzes Leben für ihn umkrempeln wollte.«

»Die Männer merken nie was«, murmelte Andrea Kriegler.

Sie hat offenbar ihre Beziehungsdiskussion noch nicht beendet, dachte Thomas.

»Als sie ihm gesagt hat, dass sie ihre Familie verlassen habe und mit ihm leben wolle, da hat er ihr gestanden, dass er verheiratet ist und Kinder hat.«

»Ich weiß, wie's weitergeht«, seufzte Andrea Kriegler. »Sie hat ihm gedroht, seine Frau über die Affäre aufzuklären, da hat er die Nerven verloren ...«

»... und so lange zugedrückt, bis sie tot war?«, mischte sich Thomas ein.

»Warum sollte es nicht so sein? Mord im Affekt!« Der Chef war verärgert, weil die beiden Mitarbeiter ihn bei seinen Ausführungen gestört hatten. Aber das war Reitinger jetzt völlig egal.

»Immerhin hatte dieser Herr Heidebrand wenige Minuten nach dem Mord die Kaltblütigkeit besessen, eine andere Bekannte zu besuchen und sich damit ein Alibi zu verschaffen, das die neue Freundin ihm zuliebe auch gerne eine Stunde vordatierte.«

Der Chef wischte Thomas' Einwurf mit einer Handbewegung weg.

»Auf jeden Fall war das Geständnis des Ehemanns der Ermordeten falsch und die Tochter wollte den wahren Täter selbst zur Strecke bringen, deshalb kam es gestern in Bad Abbach zum Showdown. Das habe ich mir alles von einem Augenzeugen genau schildern lassen ...«

Er schreibt meine Geschichte! Thomas kochte vor Wut. Der Chef aber lächelte ihn freundlich an.

»Und Sie können sich ganz auf Ihre Helmering-Sache konzentrieren.«

Lustlos schaltete Thomas seinen Computer ein. Andrea Kriegler sah ihn mitfühlend an.

»Eigentlich hatte ich eine Flasche Sekt kaltgestellt und wollte mit dir auf deine erfolgreiche Arbeit anstoßen.«

»Ich könnte eher einen Schnaps gebrauchen.«

»Kommt sofort. Aber erst habe ich noch etwas für dich, was dich vielleicht aufheitert.«

Sie wartete einen Augenblick, denn sie wollte wenigstens Thomas' Frage hören, um was es sich handle.

»Worum geht's?« Er tat ihr den Gefallen.

»Ich habe zusammen mit Christina herausgefunden, wer die Informationen zu Fehrendanz anonym ins Netz gestellt hat – und ich habe ihn auch schon angerufen.«

Thomas sah sie überrascht an.

»Der Mann ist bereit auszusagen. Das fällt ihm bestimmt umso leichter, weil Fehrendanz jetzt ohnehin ins Visier der Polizei geraten ist.«

»Trotzdem super. Denn wenn sie ihn nicht wegen Anstiftung zum Mord oder zur Körperverletzung drankriegen, dann vielleicht über seine seltsame Organisation und ihre Methoden.«

Thomas lächelte die Kollegin an: »Danke Andrea.«

»Schnaps oder Sekt?«

»Jetzt Sekt.«

Sie prosteten sich gerade zu, als Aschenbrenner hereinkam. Das Gesicht war noch arg lädiert, aber ansonsten sah er ziemlich fit aus.

»Was habt denn ihr zu feiern?«

»Dass du wieder da bist«, gab Thomas schlagfertig zurück.

»Ich bin noch krankgeschrieben, wollte nur einmal kurz vorbeischauen.«

Andrea Kriegler schenkte ihm ein Glas ein. »Worauf stoßen wir an?«

»Darauf, dass Herr Aschenbrenner nie wieder seine Nase in das Buch einer Prostituierten steckt«, rief Christina, die gerade zur Tür hereinkam.

Alle lachten, außer Aschenbrenner.

»Gibt's dieses Buch überhaupt?«, fragte Thomas nach, und da Aschenbrenner ihn wütend anfunkelte, vermutete er, dass er ins Schwarze getroffen hatte.

»Du musst ja reden. Bei deiner Geschichte hat ja überhaupt nichts gestimmt.«

»Jetzt sei kein Spielverderber«, wollte Andrea Kriegler beschwichtigen, aber Aschenbrenner war nicht zu bremsen und zählte auf:

»Der Mord an Marita Hauner hat nichts mit der Umgehungsstraße zu tun, es war der Liebhaber. Der Unfall von deinem Bürgermeister hat gar nichts mit dem Fall Hauner zu tun. Von wegen, da hat's jemand auf die Kreispolitiker abgesehen!«

»Aber im Ergebnis hat Thomas Recht gehabt«, verteidigte ihn die Praktikantin. »Es gab einen Überfall auf Degenhardt, und an der Wirtshausgeschichte in Helmering war auch was dran.«

»So viel Glück möchte ich mal haben: Falsch kombinieren, und es kommt doch was raus.«

»Besser als wenn gar nichts rauskommt außer einer kaputten Nase.« Thomas wurde nun auch wütend.

Aschenbrenner stellte sein leeres Glas ab und ging.

»Tut's dir leid, dass du mich mit Blumen zu ihm geschickt hast?«, fragte die Praktikantin.

»Das nächste Mal gibt's einen Strauß Disteln oder Brennnesseln«, knurrte Thomas.

»Es gibt da auch so was Exotisches, der Duft ist tödlich«, schlug Christina vor, und Andrea winkte ab: »Nicht schon wieder eine Leiche, ich glaube, der Thomas hätte gerne ein paar Tage frei.«

Lisa schminkte sich gerade, als Thomas nach Hause kam.

»Gehst du noch weg?«

»Wir gehen weg.«

»Und unser gemütlicher Abend?«

»Findet in Helmering statt. Wir sind bei Wachters eingeladen.«

Thomas seufzte und sah an sich herunter. »Muss ich mich umziehen?«

Lisa schmunzelte: »Unbedingt. Der Bürgermeister kommt auch.«

»Hört das denn nie auf?«

Thomas sah auf den Stapel Papier, der auf dem Tisch lag. Weitere Informationen zur geplanten Aktiengesellschaft.

»Das habe ich heute Nachmittag mit deiner Mutter vorbereitet. Degenhardt will das im Rathaus auslegen.«

Angelika Wachter hantierte noch in der Küche und plauderte dabei mit ihrer Schwägerin, der Bürgermeistersgattin, als Thomas und Lisa ankamen. Thomas überreichte den Blumenstrauß, wieder einer von der netten Blumenhändlerin am Bahnhof.

»Wo sind denn die Kinder?«, fragte Lisa, die noch ein Bilderbuch und ein Plüschtier organisiert hatte.

»Die sind schon im Bett, Gott sei Dank«, meinte Wachter und nahm für seine Kinder die Mitbringsel in Empfang.

Michaela Degenhardt kam mit dem Aperitif und mit ein paar Häppchen. Thomas wollte schon zugreifen, da zog ihn der Bürgermeister beiseite.

»Ich möchte mich bei Ihnen bedanken, Herr Reitinger. Sie waren der Einzige außerhalb meiner Familie, der mir geglaubt hat, dass ich überfallen worden bin.«

»Hat die Polizei Sie schon informiert, dass es Walter Dirschl war?«

Degenhardt nickte: »Was ist das für eine Welt, in der man engagierte Kommunalpolitiker einfach so überfällt ...«

Thomas grinste. Jetzt geb ich ihm doch noch eine mit auf den Weg, diesem Opportunisten, dachte er.

»Und dann beruht alles nur auf einem Missverständnis.«

Degenhardt sah ihn irritiert an. »Wie meinen Sie das?«

»Sie haben mir doch erzählt, Sie hätten mal mit Morawitz über das Wirtshaus gesprochen. Dabei haben Sie etwas über die Seminare von Fehrendanz gesagt ...«

»Ich habe mich dafür interessiert, ja.«

»Er hat es aber falsch verstanden und gedacht, Sie würden dieses System aus Pseudomotivation, Kontrolle und Abkassieren durchschauen. Deshalb wollte Dirschl Sie außer Gefecht setzen. Alles ein Irrtum.«

Thomas grinste schadenfroh, zumal Degenhardt für einen Moment die Sprache verloren hatte. Er wollte endlich was essen und sich zu den anderen gesellen.

Doch der Bürgermeister hielt ihn auf. »Das ist Schnee von gestern. Jetzt retten wir gemeinsam das Wirtshaus in Helmering.«

»Und was ist mit der Umgehungsstraße?«

»Ich glaube, ich werde mich der Stimme enthalten.«

»Die Freien Wähler sind doch eigentlich auch nicht schlecht.« Thomas konnte es nicht lassen.

Degenhardt schluckte auch diese Spitze. »Ich bleibe in der Partei, für die ich mich vor vielen Jahren entschieden habe.«

Thomas grinste. Degenhardt wirkte verunsichert.

»Das ist doch keine Geschichte, oder?«

Thomas blieb ihm die Antwort schuldig und wandte sich endlich den Häppchen zu.

Richard Wachter schenkte Sekt ein.

»Wir stoßen darauf an, dass dem Hartmut nichts passiert ist, dass der Thomas und seine Frau uns das Wirtshaus gerettet haben, und auf das neue Jahr auch noch.«

»Für mich bitte Wasser«, bat Lisa, als ihr Richard ein Glas geben wollte.

Der Arzt sah Lisa prüfend an, doch bevor jemand etwas sagen konnte, klingelte es.

»Hoffentlich kein Notfall«, seufzte die Frau des Arztes und ging zur Tür.

Ein kalter Luftzug kam ins Wohnzimmer, dünne Stimmen sangen ein kleines Lied.

»Jetzt kommt erst mal herein, ihr holt euch ja noch was da draußen«, rief Frau Wachter und kurz darauf standen drei als Weise aus dem Morgenland verkleidete Kinder im Wohnzimmer. Einen goldenen Pappstern trug einer in der Hand, der andere hatte ein schwarz geschminktes Gesicht, der dritte trug eine Geldkassette.

»Wir Heiligen Drei Könige, wir kommen von fern,
wir suchen ein Kindlein, wir folgen dem Stern ...«

Richard Wachter ließ sich nicht stören und schenkte die Gläser voll. Als die Kinder mit ihrem Gesang fertig waren, klatschten die Erwachsenen höflich, Thomas zückte seine Geldbörse, auch der Dorfarzt zog einen Schein heraus. Der Bürgermeister wartete ab, was die anderen gaben, um sie dann zu überbieten.

»Zwanzig Euro, das ist mir die gute Sache wert.«

»Jetzt aber heim mit euch«, mahnte Angelika Wachter. »Ihr gehört doch schon ins Bett.«

Als die Sternsinger gegangen waren, reichte Richard Wachter Lisa ihr Wasserglas. »Was soll's denn werden? Ein Kaspar, ein Melchior oder ein Balthasar?«

»Hoffentlich nicht alle drei auf einmal«, lachte Lisa.

Thomas legte den Arm um seine Frau. »Eins nach dem andern. Und ein Mädchen sollte auch dabei sein.«

Reitingers erster Fall

Lotte Kinskofer, Heimvorteil
Oberpfalzkrimi
192 Seiten, Paperback
3. Auflage 2009
ISBN 978-3-935263-46-7 / 11,00 EUR

Der Regensburger Sportjournalist Thomas Reitinger kehrt in seinen oberpfälzischen Heimatort zurück. Eigentlich will er nur seine Mutter besuchen, wird aber von den Ereignissen in dem doch sonst so beschaulichen Dorf überrumpelt: Der Fußballtrainer des heimischen Sportvereins wurde umgebracht. War er zu ehrgeizig, hat er seine jugendlichen Spieler mit Dopingmitteln versorgt? Oder ist er Opfer dörflicher Intrigen und heimlicher Leidenschaften geworden?

Thomas kennt sich hier aus, er soll bleiben und über den Fall berichten, sagt sein Chefredakteur. Seiner Frau ist es nur recht, die geht in Regensburg eigenen Interessen nach. Und Thomas entdeckt nicht nur die Abgründe seines Heimatdorfes, das er als Jugendlicher verlassen hat, sondern findet auch seine erste Liebe Kati wieder. Dumm nur, dass ihre Familie in den Fall verwickelt sein könnte ...

Reitingers zweiter Fall

Lotte Kinskofer, Grabenkämpfe
Oberpfalzkrimi
195 Seiten, Paperback
Originalausgabe 2009
ISBN 978-3-935263-60-3 / 12,00 EUR

Im Hafen von Regensburg wird ein toter Orchestermusiker gefunden. „Ihre Leiche", sagt der Chef zum Thomas Reitinger. Der ist eigentlich Sportjournalist, aber der Polizeireporter ist in Urlaub. Und der Reitinger hat ja schon einmal über einen Mord berichtet, in Helmering - aber da hatte er Heimvorteil.

Zwischen seinem Dorf in der Oberpfalz und Regensburg hin- und herpendelnd gelingt es ihm, Licht in den Fall zu bringen. Der Feuilleton-Redakteur hilft ihm - und vor allem seine Frau Lisa, von der er doch eigentlich getrennt lebt. Nach und nach entdeckt er nicht die schöne Welt der Musik, sondern eine Hölle, die ein ehrgeiziger Geiger für seine Familie und seine Kollegen geschaffen hat.

Wien Krimi von Robert Pucher

Robert Pucher, Katerfrühstück
Wien Krimi
240 Seiten, Paperback
Originalausgabe 2006, 3. Auflage Juli 2008
ISBN 978-3-935263-39-9 / 12,00 EUR

Nach einer durchzechten Nacht eine Leiche in seiner Badewanne zu finden, ist schon schlimm genug. Aber nur kurze Zeit später entdeckt der erfolglose, an der Welt verzweifelnde Wiener Schriftsteller Daniel Reichenbach auch noch eine abgesägte Hand am Kahlenberg. Und das ist noch nicht das Ende des Grauens. Wie viele Tote werden ihm noch begegnen?
Die schockierende Mordserie überfordert Bezirksinspektor Doppler heillos. Zumal die Zusammenarbeit mit seiner Vorgesetzten recht schwierig ist: Sie kann ihn buchstäblich nicht riechen ... Alles in allem keine guten Voraussetzungen für die Lösung des Falls!

TV-Quiz-Krimi im Prolibris Verlag

Antje Friedrichs, Noch eine Frage bis zum Tod
TV-Quiz-Krimi
176 Seiten, Paperback
Originalausgabe 2009
ISBN: 978-3-935263-65-8 / 9,90 EUR

Millionär werden! Kandidat im Fernsehquiz sein. Auge in Auge dem beliebten Moderator und Fernsehstar gegenüberstehen. Marianne Rump aus Quakenbrück hat es geschafft. Aber in der Glamourwelt der Fernsehstudios beginnt ein wahrhaft mörderisches Spiel ...
Die für ihre feinsinnigen Inselkrimis bekannte Autorin lässt die Leser dieses Kriminalromans hinter die Kulissen einer großen Quizshow blicken. Und sie weiß genau, wovon sie schreibt: War sie doch im Jahr 2005 gleichzeitig mit ihrem Sohn Jochen Telgenbüscher Kandidatin in der Sendung »Wer wird Millionär«. Ihr Sohn gewann 32.000 Euro – sie die Idee zu diesem Krimi.